목로주점

일러두기

• 이 책은 Émile Zola, 『*L'Assommoir*』(Project Gutenberg, 2004)를 참고했습니다.

L'Assommoir

목로주점

에밀 졸라 지음

살림

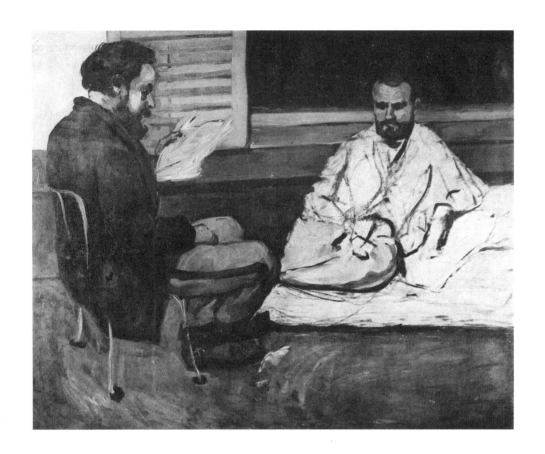

폴 세잔의 「에밀 졸라에게 책을 읽어주는 폴 알렉시스」

에밀 졸라와 폴 세잔(Paul Cézanne)은 어렸을 때부터 친구였다. 두 사람은 12~13세 때 프랑스의 남부 엑상프로방스의 한 학교에서 만나 함께 성장했다. 현대 미술을 개척한 폴 세잔, 자연주의 소설을 개척한 에밀 졸라, 이들은 19세기 자신의 분야에서 위대한 업적을 남기는 예술가가 되었다.

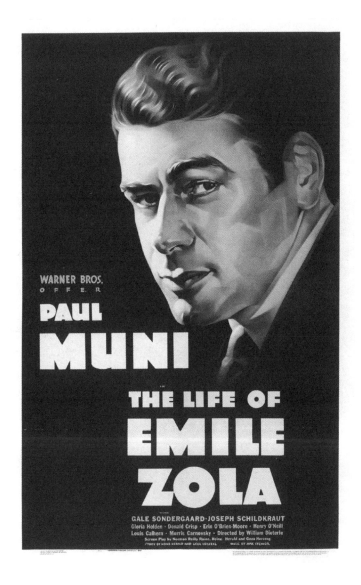

영화 〈에밀 졸라의 생애〉 포스터

윌리엄 디터리 감독이 1937년에 만든 〈에밀 졸라의 생애〉는 1894년 드레퓌스 사건을 중점으로 다루며 행동하는 지식인으로서의 에밀 졸라의 모습을 그렸다. 이 영화는 1938년 제10회 미국 아카데미 시상식에서 작품상, 남우조연상, 각색상을 받았다.

『목로주점』 삽화

1877년에 출간된 『목로주점』에 실린 삽화로 소설의 앞부분 세탁장 장면을 묘사했다. 비르지니는 제르베즈가 빨래하고 있는 세탁장에 일부러 찾아가서 그녀의 남편이 자신의 여동생과 함께 떠났다는 사실을 폭로하며 모욕을 준다. 이에 화가 난 제르베즈가 빨랫방망이를 휘두르며 싸우다 비르지니의 엉덩이를 때리고 있다.

목로주점 **차례**

제1장

제르베즈는 새벽 2시까지 파리 변두리의 허름한 봉쾨르 여관 창문에 기대어 랑티에를 기다리고 있었다. 랑티에는 1주일 전부터, 일자리를 찾아봐야겠다며 두 아이와 제르베즈를 먼저 자라고 한 후 밤이 깊어서야 돌아오곤 했다. 창가에서 찬바람을 오래 쐰 탓에 오한이 난 그녀는 침대로 와서 누웠다가 설핏 잠이 들었다.

5시경 잠에서 깬 제르베즈는 왈칵 울음을 터뜨렸다. 랑티에가 아직 돌아오지 않았던 것이다. 그가 외박한 것은 이번이 처음이었다. 그녀는 침대에 앉아 주변을 둘러보았다. 서랍이 하나 없어진 장, 짚으로 만든 세 개의 의자, 기름때가 낀 작은 탁자 하나와 그 위에 놓인 이 빠진 물병 하나, 그리고 클로드와 에티엔이 세상모르고 잠들어 있는 철제 침대가 가구의 전부였다.

구석에 낡은 트렁크 하나가 텅 빈 채 입을 벌리고 있었고 벽에는 구멍 난 솔과 진흙이 묻은 바지, 넝마장수도 받지 않을 다 해진 옷들이 걸려 있었다. 그리고 벽난로 위에는 연분홍색 전당표들 꾸러미가 놓여 있었다.

제르베즈는 다시 잠들어 있는 아이들을 바라보았다. 여덟 살짜리 클로드는 조그마한 두 손을 이불 밖으로 내민 채 새근거리고 있었고, 네 살짜리 에티엔은 한쪽 팔을 형 목에 두른 채 웃는 얼굴로 잠들어 있었다. 아이들을 보니 다시 울음이 터져 나와 엄마는 손수건으로 입을 틀어막았다.

그녀는 다시 창가로 갔다. 그녀는 오른쪽 로슈슈아르 대로 쪽을 바라보았다. 그 길 끝의 도살장 앞에 도살꾼들이 무리 지어 서 있었고 죽은 짐승들의 악취가 바람에 실려 왔다. 그녀는 시선을 왼쪽으로 옮겼다. 긴 가로수길 끝에 신축 중인 라리부아지에르 병원이 보였다. 그녀가 시선을 좀 더 멀리 던지자 파리로 들어가는 시문(市門)이 보였다. 황량한 사막을 둘러싸고 있는 띠처럼, 성벽이 도시를 둘러싸고 있었다. 벌써 새벽 햇살이 비치고 있었고 새벽 일꾼들이 작업 도구들을 걸치고 시문을 향해 가고 있었다. 혼잡한 노동자 무리들은 끊임없이 파리로 밀려들어가 이내 자취를 감추었다.

제르베즈는 그 무리들 가운데 랑티에의 모습이 얼핏 보이는 것 같아 몸을 밖으로 기울이고 내다보았다. 그때였다. 등 뒤에서 목소리가 들렸다.

"그 친구 지금 없나요, 랑티에 부인?"

"예, 안 계세요, 쿠포 씨." 그녀는 억지로 미소를 지으며 대답했다.

그는 이 여관 꼭대기 층 10프랑짜리 방에 세 들어 살고 있는 함석지붕 수리공 쿠포였다. 어깨에 연장이 들어 있는 자루를 걸치고 있었다. 그는 랑티에의 친구로서 문 위에 놓인 열쇠로 거리낌 없이 문을 열고 들어온 것이었다.

"저는 요즘 저기 병원 신축 공사장에서 일하고 있습니다. 제길! 5월 날씨가 뭐 이래. 오늘 아침도 꽤 쌀쌀하군요."

그는 깨끗이 정돈되어 있는 침대로 눈길을 돌렸다.

"이런, 이 친구 정신이 나갔군……. 너무 걱정 마세요, 부인. 그 친구 요즘 정치에 열을 올리더니 아마 보나파르트 욕을 하느라 밤을 새웠을 겁니다."

그는 방을 나가면서 생각했다. '정말 예쁘고 착한 여자야. 만일 어려움에 처한다면 당연히 내가 도와줘야지.'

제르베즈는 8시까지 두 시간을 더 창가에 서 있었다. 거리의 가게 문도 모두 열렸고 여기저기 언덕에서 내려오던 작업복의 물결도 뜸해졌다. 그녀가 더 이상 울지도 못 하고 두 팔을 늘어뜨린 채 의자에 앉아 있을 때였다. 랑티에가 소리도 없이 방으로 들어왔다.

제르베즈는 "어머, 당신이야!"라고 소리치며 그에게 달려가 두 팔로 목을 감았다. 그는 그녀를 귀찮다는 듯 떼어놓더니 검은 펠트 모자를 서랍장 위로 휙 던졌다. 그는 작은 키에 짙은 갈색 머리칼을 한 스물여섯 살의 미남 청년이었다. 가느다란 콧수염은 그가 늘 손가락으로 기계적으로 매만져 곱슬곱슬했다.

제르베즈는 다시 의자에 털썩 주저앉아 불평을 늘어놓기 시작했다.

"밤새 한잠도 못 잤어요. 혹시 무슨 일이라도 있으면 어쩌나 걱정이 돼서……. 도대체 어딜 갔던 거예요? 어디서 밤을 새운 거예요? 제발 다시는 그러지 말아요……. 말해봐요, 오귀스트. 도대체 어디 갔던 거예요?"

그는 친구 집에서 잤다며 제발 귀찮게 하지 말라고 고함을 질렀다. 그 소리에 아이들이 잠에서 깨어나 엄마와 함께 울었다. 제르베즈는 우는 아이들을 달랬다. 랑티에는 침대에 몸을 던지고 제르베즈를 바라보았다.

그녀는 이제 겨우 스물두 살이었다. 키가 컸으며 몸매도 날씬했지만 벌써 힘겨운 삶에 지친 모습이 역력했다. 그녀가 랑티에에게 말했다.

"계속 이렇게 살 수는 없어요. 난로도 없는 이 방에서 두 아이를 데리고 어떻게 살아가요……. 파리에 도착해서 정착하겠다고 하더니 이게 뭐예요? 가지고 있던 돈도 다 쓰고……."

"뭐라고? 당신이 야금야금 갉아먹은 거 아냐? 왜 나만 갖고 그래?"

"어쨌든 아직 살길은 있어요. 힘을 내야죠. 난 어떻게 해서라도 일자리를 얻어볼 테니 당신도 일을 하도록 해요. 우린 반년도 안 돼서 일어설 수 있을 거예요."

랑티에는 귀찮다는 듯 벽을 향해 몸을 돌렸다. 그러자 제르베즈의 울화가 폭발했다.

"흥, 일하기 싫다 이거죠? 신사처럼 차려입고 창녀들과 어울리고 싶다 이거죠? 나, 이런 얘긴 안 하려고 했는데 해야겠어요. 당신이 창녀 같은 아델하고 '그랑발콩' 댄스 홀로 들어가는 거 다 봤어요. 참말로 여자 잘도 골랐네……. 그년이 안 붙어먹은 남정네 있으면 어디 나와 보라지!"

목로주점

랑티에는 침대에서 벌떡 뛰어내렸다. 얼굴이 창백해졌고 두 눈이 분노로 이글거렸다. 그는 제르베즈를 한 대 치려는 듯 두 팔을 들어 올렸다. 그러나 그는 그녀를 때리는 대신 아이들이 잠들어 있는 침대로 내동댕이치더니 잔인한 표정으로 더듬거리듯 말했다.

"당신, 지금 무슨 짓을 했는지 알아? 당신, 실수한 거야. 두고 보라고."

그러더니 그는 다시 벌렁 드러누웠다. 그는 꼼짝도 않고 거의 한 시간가량 누워 있었다.

제르베즈는 우는 아이들을 달래며 같은 소리를 열 번도 넘게 되풀이했다.

"아! 너희들만 없다면……. 이 불쌍한 것들……. 아, 너희들만 없다면…… 너희들만 없다면……."

이윽고 그녀는 침대를 정리하고 아이들 옷을 입혔다. 그러고 는 트렁크 뒤에 널브러져 있던 옷가지들을 주섬주섬 챙기기 시작했다. 그 모습을 보고 그가 말했다.

"뭐 하는 거야? 어디 가려고?"

그녀는 마지못해 대답했다.

"보면 몰라요? 빨래하러 가야죠. 이 흙투성이 옷을 아이들에게 입힐 순 없잖아요."

그는 그녀가 손수건들을 챙기는 것을 가만히 보고 있더니 말했다.

"돈 좀 있어?"

"돈이라니요? 어디서 훔치기라도 하란 말이에요? 달랑 남은 3프랑은 이틀 점심 식사 값과 돼지고기를 사는 데 다 써버렸어요. 이제 세탁장에 내야 할 돈 4수밖에 없어요."

그는 제르베즈의 말은 귀에도 들어오지 않는다는 듯 방에 걸린 헌 옷가지들을 바라보더니 그중 바지와 숄을 집어 들었다. 이어서 그는 장을 열어 캐미솔 한 장과 여자 속옷을 두 장 꺼내더니 보따리를 쌌다. 그는 보따리를 제르베즈 품에 안기며 말했다.

"자, 전당포에 가서 잡히고 돈을 좀 구해 와."

"이러느니 아이들까지 잡히지 그래요? 아이들도 차라리 전당 잡히면 날아간 기분일 텐데……."

하지만 그녀는 착한 여자였다. 그녀는 결국 전당포에 갔다 왔고 5프랑(100수)을 벽난로에 올려놓았다. 그녀는 전당표 꾸러미에 새 전당표를 끼워 넣었다.

그녀는 세탁장으로 갈 채비를 하며 랑티에에게 말했다.

"곧 돌아올 테니 빵하고 고기 조금 사다 놓으세요. 포도주도 한 병 잊지 말고요."

세탁장에 도착한 제르베즈는 지난번 세탁장 여주인에게 맡겨 놓았던 빨랫방망이와 솔을 되찾은 후, 번호표를 받고 안으로 들어갔다.

세탁장은 주철 기둥들이 세워져 있는 거대한 창고였다. 크고 밝은 창으로 둘러싸여 있었으며 천장에는 편평한 들보들이 가로지르고 있었다. 마치 우윳빛 안개처럼 수증기가 자욱했고 비누 냄새, 표백제 냄새가 코를 찔렀다. 중앙 통로에 여자들이 줄지어 자리 잡고 신나게 방망이질을 하며 깔깔거리고 있었다. 고함 소리, 박자를 맞춘 빨랫방망이 소리, 물소리가 축축한 공기 속에 울려 퍼지고 있었다.

약간 다리를 저는 제르베즈는 종종걸음으로 중앙 통로를 통해 여자들 사이로 걸어갔다. 그녀는 평소에 안면이 있던 보슈 부인 옆에 앉아 소매를 걷어붙이고 빨래를 하기 시작했다. 보슈 부인은 노동자들이 살고 있는 거대한 아파트의 문지기였다. 제르베즈가 빨래하는 모습을 옆에서 보고 있던 보슈 부인이 감탄하며 말했다.

"와, 정말 잘하네. 고향에서 세탁부였다지요?"

"네, 맞아요. 열 살 때였는데…… 벌써 열두 해가 흘렀네. 우리는 강가로 갔었어요. 나무 그늘 아래 빨래터가 있었지요. 맑은 물이 흐르고 여기보다 훨씬 더 좋았어요……. 플라상스 모르세요? 마르세유 근처인데……."

두 여자는 빨래를 하며 큰 소리로 이야기를 주고받았다. 랑티에 이야기가 나오자 제르베즈가 말했다.

"아뇨, 우린 결혼한 사이가 아니에요. 감출 것도 없어요. 그 사람은 누군가의 남편이 될 만큼 친절한 사람이 아니에요. 아이들만 없었다면 벌써……. 큰애를 가졌을 때 난 열네 살이었어요. 작은애는 4년 뒤에 태어났고……. 우리 아버지 마카르 영감님은 그런 나를 걷어찼고…… 안 그랬어도 걷어찼을 거예요. 랑티에와 결혼할 수도 있었지만 부모님이 원하지 않았어요."

11시 종이 울렸다. 제르베즈는 진한 비눗물로 색깔 있는 옷들을 빤 후 보슈 부인의 도움을 받아 빨래를 짜고 있었다. 그때였다. 누군가 세탁장에 들어서는 것을 보고 보슈 부인이 소리쳤다.

"저것 좀 봐. 키다리 비르지니가 왔네. 손수건에 누더기 몇 장 싸 들고 도대체 여긴 왜 온 거야."

제르베즈는 퍼뜩 고개를 들었다. 비르지니는 아델의 언니였다. 제르베즈와 동갑이었고 갈색 머리칼에 좀 길긴 해도 예쁜 얼굴의 여자였다. 그녀는 검정 드레스를 입고 목에는 빨간 리본을 감고 있었다. 그녀는 중앙 통로에 서서 누군가를 찾는 듯 눈살을 찌푸렸다. 그러다 제르베즈가 눈에 띄자 오만한 태도로 엉덩이를 흔들며 제르베즈 곁을 지나 제르베즈와 같은 줄, 좀 떨어진 곳에 앉았다.

그녀를 보자 제르베즈는 빨래를 서둘렀다. 그녀는 빨래들을 짠 후 허공에 걸린 빨래 걸이에 걸었다. 그러는 동안 그녀는 일부러 비르지니에게서 등을 돌렸다. 그러나 비르지니의 비웃음 소리가 들렸고 그녀가 자기를 곁눈질하는 것을 느낄 수 있었다. 비르지니는 오로지 자신을 놀리기 위해 이곳에 온 것만 같았다. 제르베즈가 갑자기 고개를 돌렸고 둘은 서로를 노려보았다.

그때였다. 세탁장 입구에서 세탁장 심부름꾼이 제르베즈에게 큰 소리로 말했다.

"꼬마들이 찾아왔어요."

여자들이 모두 고개를 돌렸다. 제르베즈의 눈에 클로드와 에티엔이 보였다. 아이들은 그녀를 보자 물이 흥건한 타일 바닥을 철퍼덕거리며 달려왔다. 형 클로드가 동생의 손을 꼭 잡고 있었다.

"아빠가 보냈니?" 제르베즈가 클로드에게 물었다.

"아니, 아빠가 나가버렸어." 클로드의 손에는 여관 객실 열쇠가 들려 있었다.

"점심 사러 가신 거야. 아빠가 나를 찾아오라고 했니?"

"아니야. 트렁크에 막 이것저것 집어넣더니 마차에 실었어……. 그러고는 가버렸어……."

제르베즈는 하얗게 질린 얼굴이 되더니 두 손으로 뺨과 관자놀이를 감쌌다. 그녀는 똑같은 말을 되풀이할 뿐이었다.

"아! 어쩌면 좋아! …… 아! 어쩌면 좋아! …… 아! 어쩌면 좋아……."

제르베즈는 울음조차 나오지 않았다. 그녀는 자신이 끝없는 어둠의 나락으로 떨어지는 것만 같았다.

"말도 안 돼! 이건 말도 안 돼!" 그녀는 나직이 속삭였다.

옆에서 보슈 부인이 그녀를 위로하려 하자 그녀가 다시 말했다.

"오늘 아침에 그 사람이 내 숄과 속옷들을 전당포에 잡히게 했어요. 그걸로 마차 삯을 마련하려 했다니!"

그러자 보슈 부인이 말했다.

"아니 이렇게 예쁘고 귀여운 여자를 버리다니! 이렇게 됐으니 내가 다 말해줄게요. 간밤에 아델이 돌아왔을 때 남자 발소리가 들렸어요. 계단을 올려다보니 랑티에 씨 프록코트가 보였어요. 아델이 틀림없어요."

그녀는 잠시 말을 끊고 고개를 돌려 비르지니를 바라보더니 낮은 목소리로 말했다.

"저 여자는 당신이 우는 걸 보고 웃고 있어. 인정머리 없는 계집 같으니……. 빨래하러 온 게 아니야. 둘을 마차에 태워 보내고 곧장 여기로 와서 사람들에게 알려주려고 한 거야."

제르베즈는 얼굴을 감싸고 있던 손을 떼고 비르지니를 노려보았다. 비르지니는 서너 명의 여자들에 둘러싸여 그녀를 째려보고 있었다. 제르베즈는 분노에 휩싸였다. 그녀는 무엇인가를 찾는 듯 두리번거리더니 물이 가득 찬 양동이를 두 손으로 잡고 그 안의 물을 비르지니를 향해 쏟아부었다.

"이런 망할 년! 이게 무슨 짓이야!" 키다리 비르지니가 소리쳤다.

비르지니는 풀쩍 뛰어 물러났기에 반장화만 물에 젖었다.

빨래를 하던 아낙네들은 모두 좋은 구경거리가 생겼다는 듯 두 여자 사이로 몰려들었다.

비르지니가 제르베즈를 향해 소리를 질렀다.

"야, 이 미친년아! 왜 이 지랄이야! 촌구석에서 굴러먹던 년 이! 열두 살도 안 돼서 군인들하고 붙어먹었다며! 한쪽 다리는 고향에 두고 온 거야, 뭐야!"

웃음소리가 터져 나왔다. 의기양양해진 비르지니가 한 걸음 앞으로 나서더니 허리를 꼿꼿이 세우고 더욱 큰 소리로 외쳤다.

"이런 못돼 먹은 갈보 년 같으니라고! 어디서 함부로 설치는 거야! 덤벼 봐! 네년 치마를 홀렁 뒤집어주지! 도대체 내가 네 년한테 뭘 어쨌다는 거야!"

아직 파리식 욕설을 제대로 할 줄 몰랐던 제르베즈는 더듬거 릴 수밖에 없었다.

"그런 식으로 함부로 말하지 마. 알잖아……. 어젯밤에 내 남 편을 본 사람이 있어. 그러니 입 다물어. 안 그러면 목을 졸라 버릴 거야! 정말이야!"

"아이고, 마님! 남편이시라고! 꼴에 남편이 여럿인 모양이네! 그 사람이 널 차버린 게 내 잘못이니? 다 네년 탓이지! 그 사람 에게 목줄이라도 걸어놓으셨나? 어디 누구 이 잘난 마님 남편 본 사람 있소! 상금 두둑이 줄 모양이니!"

"너도 알잖아! 네 동생이 그랬잖아! 내가 목 졸라 죽일 거야!"

"얼씨구, 어디 한번 내 동생 건드려 보시지. 그래, 내 동생이다. 이제 속이 시원하냐? 둘이 서로 사랑하는데 어쩔래? 둘이 키스하는 걸 한번 봤어야 하는데…… 네 새끼들도 전부 사생아들이라며! 한 놈은 헌병 자식이라던데…… 게다가 애를 넷이나 지웠다며. 다, 랑티에가 해준 이야기야. 그 사람은 너한텐 과분해. 이제 너 같은 갈보는 지긋지긋하대.”

제르베즈의 눈이 분노로 이글거렸다. 그녀는 눈에 보이는 대로 작은 물통을 들고 비르지니에게 좍 끼얹었다. 푸른 염색물이었다. 그러자 이번에는 비르지니가 양동이를 들고 제르베즈에게 물을 쏟아부었다.

이어서 무시무시한 싸움이 벌어졌다. 둘은 서로 양동이를 들고 와 상대방에게 쏟아부었다. 둘은 물을 한 동이씩 부을 때마다 욕설을 해댔다. 이제 제르베즈도 제대로 대꾸를 했다.

“자, 더러운 년, 이 물맛을 봐라! 엉덩이까지 시원할 거다!”

“이 잡년아, 이 물로 때나 좀 씻어라! 일 년에 한 번은 목욕을 해야지!”

“이, 키다리 갈보 년아, 더러운 소금기를 빼주마!”

“에라, 한 방 더 먹어라! 몸을 깨끗이 씻어야 오늘 밤 손님을 받지, 이 갈보 년아!”

두 여자 모두 머리에서 발끝까지 물에 흠뻑 젖어 있었다. 블라우스는 어깨에 착 달라붙었고 치마는 허리선을 그대로 드러내고 있었다.

이제 세탁장은 흥겨움으로 가득 찼다. 아무도 싸움을 말릴 생각을 안 했다.

어느 순간 비르지니가 제르베즈의 가슴팍으로 달려들었다. 제르베즈가 필사적으로 그녀의 손아귀에서 벗어나며 상대방의 머리채를 잡아 쥐었다. 이제 육박전이 시작되었다. 키다리의 갈색 머리에서 빨간 리본이 달아났고 블라우스가 찢겨져 목과 어깨가 드러났다. 금발 머리 제르베즈가 입은 캐미솔의 한쪽 소매가 떨어져 나갔고 속옷이 찢어져 허리가 드러났다. 곧이어 제르베즈의 턱에 핏자국이 생겼고 비르지니의 귀에서 피가 흘렀다. 이제 사람들은 그들을 말리려 해도 말릴 수 없을 지경이었다.

순간 비르지니가 빨랫방망이를 집더니 허공에 휘휘 휘둘렀다. 그녀는 쉰 목소리로 헐떡거리며 말했다.

"개 같은 년, 기다려! 더러운 빨래처럼 두들겨줄 테니."

제르베즈도 방망이를 들었다. 그녀의 목도 쉬어 있었다.

"그래, 네년 몸의 때를 씻고 싶다 이거지! 어디 알몸을 내놔 봐라! 아예 걸레로 만들어줄 테니."

둘은 빨랫방망이를 마구 휘둘렀다. 어느 순간 제르베즈가 비명을 질렀다. 비르지니가 내리친 방망이에 팔꿈치 위쪽 팔을 맞은 것이다. 살은 금세 붉게 부어올랐다. 그러자 제르베즈가 앞으로 돌진했다. 정말로 상대방을 때려 죽일 기세였다. 그녀의 무서운 기세에 모두들 입으로만 "그만해, 그만해"라고 외쳤을 뿐 아무도 앞으로 나서지 못했다. 격정에 힘이 솟구친 그녀는 비르지니의 허리를 잡더니 그대로 꺾어서 넘겨버렸다. 비르지니는 얼굴을 타일 바닥에 붙인 채 엎드린 자세로 꼼짝도 할 수 없었다. 제르베즈는 버둥거리는 비르지니의 치마를 홀러덩 걷어 올렸다. 그러자 속바지가 드러났다. 제르베즈는 재빨리 속바지를 벗겨버렸다. 그러자 벌거벗은 엉덩이와 넓적다리가 허옇게 드러났다.

제르베즈는 빨랫방망이를 쳐들더니, 옛날 고향 강가에서 여주인이 맡긴 군복을 두들겨 팰 때처럼 신나게 두들겨 팼다. 철썩철썩 소리와 함께 빨랫방망이가 비르지니의 엉덩이 살에 착착 달라붙었다.

주변에서 그만두라고 고함들을 쳤지만 그녀의 귀에는 들리지 않았다. 그녀는 정신이 혼미한 상태에서 비르지니의 엉덩이를 아낌없이 두들겨 팼다. 그녀는 세탁부의 노래를 흥얼거리며 방망이질을 하더니 이어서 이렇게 되풀이했다. 마치 흥겨운 노래 같았다.

"팡팡, 자, 이건 네 몫이다. 팡팡, 이건 네 동생 몫. 팡팡, 이건 랑티에 몫……. 연놈을 만나면 그들 몫을 전해주렴! 자! 다시 시작! 이건 랑티에 몫! 이건 네 동생 몫! 이건 네 몫……. 팡팡, 빨래터의……. 팡팡, 방망이 소리!"

보다 못한 사람들이 달려들어 제르베즈를 떼어냈고 비르지니는 얼굴이 빨개진 채 넋을 잃고 세탁장을 황급히 빠져나갔다. 그녀의 완벽한 패배였다.

잠시 후 제르베즈는 어깨에 얹은 빨래 무게 때문에 다리를 절면서 에티엔과 클로드를 잡고 여관을 향해 걸어가고 있었다. 팔꿈치에는 푸르스름하게 멍이 들어 있었고 뺨에는 피가 묻어 있었다.

봉쾨르 여관으로 가는 골목으로 접어들었을 때 제르베즈는 다시 눈물을 흘리기 시작했다. 하수구의 악취가 풍기는 골목길이었다. 랑티에와 함께 가난과 말다툼으로 지낸 2주일을 생각나게 만드는 악취였다. 이제는 그 힘든 추억조차 그리움으로 다가왔다.

여관방으로 들어가니 완전히 텅 비어 있었다. 서랍이란 서랍은 다 열려 있었고 벽에 걸려 있던 작은 거울조차 보이지 않았다. 그녀는 퍼뜩 정신이 들어 벽난로 위를 쳐다보았다. 전당표 꾸러미가 보이지 않았다. 랑티에가 전당표를 팔려고 모두 가져가버린 것이다. 그녀에게는 세탁장 사용료로 예상했던 4수 중 1수만이 남아 있었다.

그녀는 밖을 내다보았다. 작열하는 태양과 한낮의 노동으로 달궈진 거리의 포석이 뜨거운 열기를 내뿜고 있었다. 이 이글거리는 거리의 열기 속에 그녀는 어린 자식들과 함께 내던져진 것이다. 그녀는 거리 양쪽 끝을 번갈아 바라보았다. 이제 자신의 삶이 그 양쪽 끝, 즉 도살장과 병원 사이에 갇힌 채 영원히 빠져나갈 수 없을 것만 같았다.

제2장

그로부터 3주가 지난 어느 화창한 날 오전 10시 반이었다. 제르베즈는 콜롱브 영감의 '목로주점'에서 쿠포와 함께 술에 절인 자두를 먹고 있었다. 길가에서 담배를 피우고 있던 쿠포가, 세탁물 배달 일을 마치고 골목을 돌아가던 그녀를 보고 억지로 데려온 것이었다. 그녀는 뇌브가에 있는 포코니에 부인의 세탁소에서 두 주 전부터 일을 하고 있었다.

콜롱브 영감의 주점은 푸아소니에가와 로슈슈아르 대로가 만나는 길모퉁이에 있었다. 카운터에 유리 술잔들, 꼭지 달린 술통들이 있었고, 선반들에도 각양각색의 술들이 진열되어 있었다. 하지만 이 술집의 명물은 뭐니 뭐니 해도 안마당에 있는 거대한 증류장치였다. 증류기에 기다란 관들이 달려 있었고, 나선형 관들이 땅속을 향하고 있는 그 증류장치는 가히 '악마의 주방'이라고 불릴 만한 것이었다. 주정뱅이 노동자들은 그 앞에 와서는 꿈꾸듯 그 장치를 바라보곤 했다.

이 시간에 목로주점은 텅 비어 있었다. 쿠포는 올이 작은 작업복을 입고 파란 천으로 된 모자를 쓰고 있었다. 아래턱이 튀어나왔고 코가 약간 납작했지만 아름다운 갈색 눈과 곱슬머리를 하고 있었으며 쾌활하고 장난기 어린 얼굴이었다. 그는 스물여섯 살이었다.

그는 다시 담배에 불을 붙인 후 자두를 먹고 있는 젊은 여자를 바라보았다. 금발 머리의 예쁜 얼굴이 그날따라 우윳빛을 띠고 맑게 빛나고 있었다. 그는 그녀를 지긋이 바라보며 나지막이 말했다.

"정말 안 된다는 말씀입니까?"

"그럼요, 안 되지요. 게다가 이런 데서 그런 이야기는 하지 마세요. 이럴 줄 알았으면 따라오는 게 아닌데……."

그는 얼굴을 가까이 대고 사랑스러운 눈길을 그녀에게 던졌다. 웃으면 홍조를 띠는 촉촉한 연분홍 입술 근처가 너무 매력적이었다. 그녀는 부드러운 표정을 하고 다시 말했다.

"생각 좀 해보세요. 전 이제 나이가 많아요. 게다가 여덟 살

제2장

27

난 아이까지 있어요. 그리고 솔직히 말씀드려서 저는 남자라면 이제 지긋지긋해요. 더 이상 한 남자에게 붙들리긴 싫어요."

"정말 나를 힘들게 만드는군요. 너무 힘들게……."

"알아요. 미안해요, 쿠포 씨. 마음이 상하지 않으셨으면 좋겠어요. 저 이제 포코니에 부인 가게에서 일한 지 2주일이 됐어요. 아이들도 학교에 잘 다니고……. 지금 이대로 사는 게 제일 좋아요. 정말 죄송해요, 쿠포 씨. 나보다 더 예쁘고, 젊고, 꼬맹이들도 안 딸린 여자를 찾아보세요."

정말로 그녀는 이제 더 이상 도망간 랑티에 때문에 괴로워하지 않았다. 아이들을 제대로 키우려면 지금이 훨씬 나았다. 자기가 아무리 열심히 일해서 돈을 벌더라도 랑티에가 흥청망청 써버릴 것이 뻔했다.

그녀는 쿠포와 이런저런 이야기를 나누다가 갑자기 웃음을 터뜨렸다. 비르지니가 자기 알몸을 사람들에게 보인 게 창피해서 며칠 전 이 동네를 떠났다는 걸 그가 알려주었기 때문이었다. 그녀는 자신의 옛날이야기를 그에게 해주었다. 그녀가 열네 살이었을 때 그녀는 마치 소꿉장난하는 기분으로 랑티에와 사귀었다. 그녀는 쿠포에게 자기가 정이 너무 많고, 사람을 무턱대고 좋아하며 쉽게 빠지는 게 유일한 단점이라고 말했다. 그러다가 그녀는 잊었다는 듯 말했다.

"저는 다리도 절어요. 절름발이 여자를 좋아하다니 참 이상한 취미를 가지셨네요."

"그게 어때서요? 별로 눈에 띄지도 않는데요."

쿠포는 단념하지 않고 온갖 감언이설로 그녀에 대한 칭찬을 늘어놓았다. 그녀는 그가 해주는 부드러운 말의 애무를 즐기면서도 유혹에 넘어가지는 않았다. 그녀는 여전히 고개를 흔들며 안 된다고 했다.

시간이 흐름에 따라 사람들이 점점 더 주점 안으로 들어오고 있었고 얼마 안 있어 주점 안은 손님으로 가득 찼다. 모두들 목소리가 높았다. 술꾼들은 술을 주문하기 위해 콜롱브 영감 앞에서 줄을 서서 기다려야만 했다. 파이프 담배 연기와 사내들의 강한 체취가 술 냄새와 뒤섞여 공기 속을 떠돌고 있었다. 제르베즈는 숨이 막혀 잔기침을 했다.

"어휴, 왜들 저렇게 술들을 마셔대는지······. 나는 술이 싫어요."

그녀는 어린 시절 플라상스에서 가끔 어머니와 아니스술을 마셨던 경험에 대해 이야기했다. 어느 날 그녀는 아니스술을 많이 마셔 죽을 뻔했고 그 이후로 리큐어라면 쳐다보기도 싫다고 말했다.

쿠포 역시 증류주를 벌컥벌컥 들이키는 남자들을 이해할 수 없었다. 그는 독주 대신 달콤하고 부드러운 카시스를 즐겨 마셨고 그 때문에 그를 아는 친구들은 그를 '카데카시스'라고 불렀다. 카시스의 동생이라는 뜻이었다. 그는 동료들이 증류주를 마시려고 들어가면 밖에서 기다리곤 했다.

자기처럼 함석지붕을 잇는 일꾼이었던 쿠포의 아버지는 어느 날 술에 취한 채 지붕에 올라갔다 길바닥에 떨어져 머리가 박살 났다. 그는 아버지가 떨어져 죽은 거리를 지날 때마다 독주를 마시느니 차라리 개울물을 마시겠다고 다짐하곤 했다. 그는 결론짓듯 단호하게 말했다.

"우리 같은 일을 하는 사람들은 무엇보다 다리가 튼튼해야 합니다."

그녀는 자리에서 일어나며 말했다.

"그래요. 누구나 튼튼한 몸으로 평생 열심히 일한 후에 자기 침대에서 죽기를 원하죠. 나도 그러고 싶어요."

쿠포도 일어났다. 하지만 그들은 곧바로 밖으로 나가지 않았다. 그녀는 호기심에 이끌려 안마당에서 작동하고 있는 거대한 증류기를 구경해보고 싶어졌다. 쿠포는 그녀를 안으로 데리고 가서 증류기가 어떻게 작동하는지 설명해주었다.

붉은 구리로 만들어진 증류기는 이상하게 생긴 용기들과 이리저리 얽혀 있는 수많은 나선형 관들 때문에 음산한 느낌을 주었다. 증류기는 소리 없이 알코올 방울들을 쉼 없이 흘려보내고 있었다. 마치 느리게 흐르는, 그러나 끈덕진 샘물 같았으며 마침내 이 홀을 가득 채우고 바깥 큰길로 넘쳐흘러 파리라는 거대한 구멍을 채우고 홍수처럼 넘치게 할 것만 같았다. 그런 생각이 들자 제르베즈는 몸을 부들부들 떨면서 뒤로 물러서지 않을 수 없었다.

그러자 쿠포가 옆에서 은근히 속삭였다.

"제르베즈 부인, 무서워할 것 없어요. 난 절대로 술을 마시지 않을 겁니다. 게다가 나는 당신을 너무나 사랑하지요. 자, 이렇게 헤어지지 말고 오늘 밤 어디 가서 언 발이라도 함께 녹여봅시다."

그녀는 미소를 지으며 그에게 여전히 안 된다고 고갯짓을 했다. 마침내 그들은 밖으로 나왔다. 다시 일을 하러 세탁소로 가려는 그녀를 그가 바래다주었고 포코니에 부인의 가게 앞에서 쿠포는 잠시 그녀가 내맡긴 손을 잡을 수 있었다.

이후 한 달 동안 둘 사이의 다정한 관계는 지속되었다. 쿠포는 죽도록 일하면서 아이들을 돌보고, 밤이면 누더기들을 모아 바느질을 하는 그녀를 보고 그녀가 정말 부지런한 여자라고 생각했다. 칠칠맞지 못한 데다 놀기 좋아하고 먹고 마시는 데만 신경 쓰는 여자들이 얼마나 많은데! 정말 대단해!

그가 그런 말로 그녀를 칭찬하자 그녀는 웃으며 자기는 그렇게 조신한 여자가 아니라고 말했다. 그녀는 자기가 열네 살에 이미 아이를 낳았으며 어머니와 함께 아니스주를 죽기 직전까지 마셨던 경험에 대해 넌지시 이야기했다. 그녀는 계속 말했다. 나를 의지가 강한 사람으로 알면 안 된다. 경험 덕분에 행실을 좀 고칠 수 있었을 뿐이다. 나는 연약한 사람이다. 앞날을 생각하면 무서워서 식은땀이 난다.

쿠포는 장난기 섞인 외설스러운 말을 던지기도 하고, 그녀의 용기를 북돋워주기도 하면서 그녀의 엉덩이를 살짝 꼬집었다. 그녀가 그를 밀치면서 그의 손을 찰싹 때리자 그는 연약한 여자 손맛이 어찌 그리 매우냐고 껄껄댔다.

하지만 어쨌든 그는 괜찮은 사람이었다. 그는 가끔 이치에 맞는 이야기를 했고 머리도 얌전하게 매만졌으며, 멋진 넥타이와 일요일에 신는 에나멜 구두도 있는 멋쟁이였다. 게다가 애교도 있었다. 그는 원숭이처럼 재치도 있었고 능청스럽기도 했으며 파리 노동자답게 능글맞은 농담도 잘했고 달변이었다. 나이가 젊은 탓에 이 모든 것이 다 매력적으로 보였다.

마침내 그들은 관계가 발전해 봉쾨르 여관에서 서로 돕고 사는 사이가 되었다. 쿠포는 그녀의 우유를 갖다주었으며 세탁물 보따리도 들어주었고 아이들과 놀아주기도 했다. 제르베즈는 그의 비좁은 다락방으로 올라가 단추도 달아주고 해진 옷도 기워주었다.

둘은 서로에게 점점 더 친밀감을 느꼈다. 그가 옆에 있으면 그녀는 조금도 지루하지 않았다. 그가 노래를 불러주거나 새로운 파리 변두리 동네의 농담을 재미있게 들려주었기 때문이었다. 쿠포는 그녀의 치맛자락이 스칠 때마다 점점 열이 달아올랐다. 그는 이미 그녀에게 사로잡힌 것이다. 그것도 아주 단단히!

마침내 쿠포는 그런 상황이 견딜 수 없게 되었다. 얼굴은 여전히 웃고 있었지만 마음은 불편했다. 그리고 6월 말경 쿠포는 특유의 쾌활함을 잃고 완전히 다른 사람이 되었다. 제르베즈는 그의 시선에서 불안감을 느끼고 밤이면 방에 틀어박혀 있었다.

일요일부터 화요일까지 쿠포는 모습을 보이지 않았다. 그러던 그가 화요일 밤 11시, 갑자기 제르베즈의 방문을 두드렸다. 그녀는 문을 열어주려 하지 않았다. 하지만 그의 목소리가 하도 간절하게 떨리고 있었기에 문짝에 밀어붙여 놓았던 서랍장을 치웠다. 제르베즈는 그의 모습을 보고 놀랐다. 마치 환자 같았다. 눈이 빨갛고 얼굴이 대리석처럼 창백하게 굳어 있었다.

놀란 눈을 하고 있는 제르베즈에게 그가 말했다.

"아픈 게 아니에요."

그는 자기 방에서 두 시간을 울었던 것이다. 이웃에 들릴까 봐 베개를 깨물면서 울었다. 그는 사흘째 잠을 못 이루고 있었다. 언제까지나 이렇게 살 수는 없는 노릇이었다. 그가 금방이라도 울음이 터져 나올 것 같은 목멘 소리로 말했다.

"제르베즈 부인, 이제 끝을 내야 합니다. 우리 결혼합시다. 결심했어요."

깜짝 놀란 제르베즈는 심각한 표정으로 말했다.

"아, 쿠포 씨! 저는 이런 걸 원한 적이 없어요. 잘 아시잖아요. 도대체 어쩌려고 이러시는 거예요? 아아! 안 돼요……. 제발 잘 생각해보세요."

쿠포는 단호한 표정으로 고개를 가로저으며 대답했다. 생각하고 생각한 끝에 내린 결정이다. 다시 나를 위층에서 울게 만들지는 말아달라. 좋다고만 대답하면 더 이상 괴롭히지 않겠다. 그냥 지금은 좋다고만 대답해달라. 자세한 이야기는 내일 하면 된다.

그러자 제르베즈가 말했다.

"그럴 수 없어요. 나중에 내가 당신이 이런 어리석은 짓을 하도록 꼬드겼다는 소리를 듣고 싶지 않아요. 내가 장담할게요. 나를 1주일만 만나지 않아도 씻은 듯 괜찮아질 거예요. 자, 여기 앉아서 찬찬히 이야기를 나누어봐요."

그들은 그렇게 새벽 1시까지 어두침침한 방에서 이야기를 나누었다. 아이들이 깰까봐 한껏 목소리를 낮추었다. 제르베즈는 아이들을 가리키며 나는 지참금도 없다, 아이들은 그에게 짐이 될 것이다, 라고 말했다. 또, 동네 사람들이 뭐라고 하겠느냐, 모든 사람들이 얼마 전까지 자기가 다른 남자와 함께 살고 있었다는 걸 알고 있다, 그런데 그 남자가 도망간 지 두 달도 안 돼서 결혼을 하면 얼마나 볼썽사나운 일이겠느냐, 라고 말했다. 구구절절 옳은 말이었다.

그녀의 말에 쿠포는 어깨를 으쓱하며 말했다.

남의 신경을 쓸 게 뭐 있느냐, 남들 일에 코를 킁킁거리며 기웃거리는 게 더 바보 같은 짓이다, 그녀가 랑티에와 살았다는 게 무슨 흠이 되느냐, 바람을 피운 것도 아니고, 이 남자 저 남자 기웃거리며 산 것도 아니지 않느냐, 아이들이야 저희들끼리 잘 자랄 텐데 무슨 걱정이냐, 물론 잘 키우려고 애를 쓰긴 하겠지만…… 어쨌든 그런 건 하나도 중요하지 않다. 중요한 건 자신이 그녀를 원한다는 거다, 어디 가서 이렇게 부지런하고, 착하고, 예쁜 여자를 또 만날 수 있단 말이냐, 라고 그는 말했다.

"그래요! 난 당신을 원해요!" 그가 주먹으로 가슴을 치며 말했다.

그의 열성적인 말에 제르베즈의 마음이 조금씩 움직였다. 쿠포는 그녀가 희미하게 미소를 띤 채 말없이 앉아 있는 것을 보고 그녀의 손을 잡아 끌어당겼다. 그녀는 거의 자포자기 상태였고, 흔들리고 있었다. 그의 청혼을 거절하고 그를 다시 힘들게 하기에는 너무나 감동을 받아 마음이 여려진 상태였다. 그녀는 이미 그에게 몸과 마음을 열어놓고 있었다.

쿠포는 그녀의 두 손목을 꼭 움켜잡았다.

"좋다고 하신 거지요?"

"정말 저를 힘들게 하시네요! 그렇게 원하세요? 그래요, 좋아요……. 오, 맙소사! 우리는 지금 정말 말도 안 되는 짓을 하고 있는지도 몰라요."

그는 벌떡 일어나더니 그녀의 허리를 부둥켜안고 얼굴에 키스를 퍼부었다. 그러더니 그는 잠들어 있는 아이들로 눈길을 돌리며 말했다.

"쉿, 얌전해야지요. 아이들을 깨우면 안 되니까……. 그럼 내일 봐요."

그 말과 함께 그는 자기 방으로 올라갔다.

그녀는 감동했다. 그리고 쿠포가 정말 점잖은 사람이라고 생각했다. 그녀는 이제 모든 것이 결정되었고 그가 그날 밤 그 방에서 자고 가리라고 생각했던 것이다.

이튿날, 쿠포는 구트도르의 노동자들 아파트에 사는 누나 집에 한번 같이 가자고 제르베즈에게 말했다. 로리외 부부는 금은 세공업을 하고 있었다. 재주가 좋아서 하루에 10프랑씩 번다는 소문이 나 있었고, 그 덕분에 집안에서도 상당한 영향력을 행사하고 있었다. 만일 로리외 부부가 제르베즈를 받아들이지 않는다면 쿠포도 감히 결혼할 생각을 하지 못하리라는 생각에 제르베즈는 그들을 만나는 게 겁났다.

어느 토요일 저녁 제르베즈는 마침내 쿠포의 말에 굴복하고 로리외 부부를 방문하기로 했다. 쿠포가 8시 30분에 그녀를 데리러 왔다. 그녀는 곱게 몸치장을 했다. 검은 드레스를 입었고 노란 종려나무 무늬가 있는 모슬린 숄을 걸치고 짧은 레이스가 달린 하얀 보닛을 썼다. 6주 전부터 그녀는 열심히 일을 해서 모은 돈으로 숄을 7프랑에 보닛을 2프랑 50상팀에 샀다. 드레스는 낡은 것이었지만 깨끗이 세탁해서 손질을 해두었었다.

"오늘 거기에 가면 금 사슬 만드는 걸 구경할 수 있을 겁니다. 재미있을 거예요. 월요일까지 급히 맞춰줘야 할 주문이 있다고 하거든요."

"그 집에 금이 있어요?" 제르베즈가 물었다.

"물론이지요. 벽에도 있고, 바닥에도 있고, 어디에나 있어요."

제르베즈는 머릿속으로 황금으로 번쩍이는 방을 그려보았다.

그들은 아파트로 들어서서 안마당을 지났다. 300가구가 세 들어 사는 거대한 공동 아파트였다. 그 건물에는 각각 A, B, C, D의 네 계단이 있었다. 로리외 부부는 B계단 7층에 살고 있었다. 둘은 계단을 올라갔다. 계단들은 한결같이 지저분했으며 난간들은 끈적거렸다. 각 층 복도마다 소음이 들렸고 악취 섞인 음식 냄새가 진동했다. 정말로 긴 여행이었다. 다리가 불편한 제르베즈에게는 더욱 힘들었다.

그들은 겨우 7층에 도착했다. 그러자 쿠포가 말했다.

"힘들었지요? 하지만 조금 더 남았습니다."

그는 왼쪽의 긴 복도로 들어섰다. 그런 후 얼마 안 가서 왼쪽으로 다시 한번 돌았고 이어서 오른쪽으로 한 번 더 돌았다. 마침내 그들은 칠흑처럼 어두운 복도 끝에 이르렀다. 쿠포의 안내로 둘은 안으로 들어갔다. 마치 파이프처럼 생긴 좁은 방이었으며 평소에는 모직 커튼이 그 방을 둘로 나누고 있었다. 그날, 그 커튼은 끈에 묶어서 위로 들려져 있었다. 둘로 나눈 방 중 앞엣 것은 살림집으로 쓰고 있었고 안쪽의 방은 작업장이었다.

모직 커튼이 있는 곳까지 가자 "우리 왔어요!"라고 쿠포가 소리쳤다. 그러나 대답이 없었다. 제르베즈는 황금이 들어찬 곳에 왔다는 생각에 흥분해 있었다. 또한 강한 불빛, 작업대를 환하게 비추고 있는 램프, 화덕에서 타오르는 시뻘건 불빛이 그녀의 얼을 빼놓았다.

마침내 작달막한 키의 로리외 부인의 모습이 보였다. 대단히 강인해 보이는 몸이었다. 그녀는 짧은 두 팔로 큰 집게를 잡고 온 힘을 다해 쇠줄을 잡아당겨 다이스 선반 구멍에 집어넣고 있었다. 작업대 앞에는 아내만큼 키가 작고 가냘픈 몸매의 로리외 씨가 앉아 정교한 작업을 하고 있었다.

로리외 씨가 중얼거리듯 말했다.

"아, 자네 왔군. 보다시피 우린 좀 바쁘다네. 어, 작업장으로 들어오지 마. 방해가 되니까. 거기 그대로 있어."

제2장

39

그들은 작업을 멈추지 않았다. 제르베즈는 그들이 나이에 비해 늙어 보인다고 생각했다. 특히 서른 살의 부인보다 한 살이 많은 로리외 씨는 완전히 늙은이 같았다.

제르베즈가 쿠포에게 낮은 목소리로 물었다.

"그런데 금은 어디 있어요?"

온통 지저분하고 더러운 곳에서 그녀는 빛나는 광채를 생각하며 물었던 것이다.

"금이오? 아, 사방이 금이지요. 당신 발밑에도 있어요."

그는 누나가 작업하고 있는 가느다란 쇠줄과 바이스 옆 벽에 걸려 있는 쇠줄 뭉치를 가리켰다. 꼭 철사 뭉치 같았다.

아니, 저렇게 시커멓고 더러운 게 금이란 말이에요, 라고 제르베즈가 목소리를 높였다. 쿠포는 바닥에서 쇠 부스러기를 집어 이로 깨물어 제르베즈에게 보여주었다. 잇자국이 난 곳이 금빛으로 반짝였다.

금에 대한 환상이 깨진 제르베즈는 쿠포가 시키는 대로 자리에 앉았다. 그리고 억지로 미소를 지었다. 무엇보다 오늘 이곳에 온 것은 그들의 결혼 문제 때문이 아닌가?

그런데 로리외 부부는 그 문제에 대해 한 마디도 하지 않고 있었다. 로리외 부부는 그녀를 쿠포가 데려온 귀찮은 구경꾼

정도로 여기는 것 같았다.

이윽고 그들이 작업을 멈추고 대화가 시작되었지만 화제는 건물 입주자들에 대한 이야기 주변만 맴돌 뿐이었다. 그러더니 로리외 부부는 다시 작업을 시작했다.

점점 더 뜨거워지는 작업실의 열기에 질식할 것 같아 제르베즈는 이만 가자고 쿠포의 옷자락을 가볍게 잡아당겼다. 쿠포도 누나 부부가 의도적으로 결혼에 대한 화제를 회피하고 있는 것을 보고 마음이 상했고 적이 당황하고 있었다.

마침내 그가 말했다.

"누나, 우리는 갑니다. 계속 일하세요."

그러나 부부는 아무런 말도 없었다. 할 수 없이 쿠포가 먼저 이야기를 꺼내야만 했다.

"자형, 자형만 믿습니다. 아내의 증인이 되어주시겠지요?"

로리외는 고개를 들더니 놀라는 척했고 아내는 다이스 선반을 놓고 똑바로 섰다.

"그렇다면 진담이었단 말이야? 이 망할 놈의 '카테카시스'는 어디까지가 진담이고 어디까지가 농담인지 구분할 수가 없단 말이야." 로리외의 말이었다.

이번에는 그의 부인이 제르베즈를 뚫어져라 바라보며 말했다.

"그럼 이 부인이 바로……. 우린 아무 할 말도 없어. 결혼한다는 건 웃기는 일이지……. 하지만 둘이 좋다니 어쩌겠어. 결혼 생활이 실패로 돌아가도 그건 당사자들 책임이야. 결국 실패로 끝나는 경우가 많아. 정말 너무 많아……."

그녀는 이어서 제르베즈를 훑어보며 고개를 끄덕였다. 생각했던 것보다는 괜찮다고 생각한 게 틀림없었다.

"난 말다툼하기 싫어요. 다 동생 권리죠. 아무리 형편없는 여자를 데리고 왔더라도 '결혼하렴'이라고 말했을 거예요. 대신 나를 괴롭히지나 말라고 말했을 거예요. 그런데 아이가 둘이라고요? 내가 동생에게 말했지요. 어떻게 아이가 둘인 여자와 결혼을 하겠다는 거니? 게다가 몸이 별로 튼튼해 보이지 않네요. 여보, 안 그래요?"

그들이 직접 거론하지는 않았지만 그녀가 다리를 저는 걸 염두에 두고 하는 소리임을 제르베즈는 알아차렸다. 그녀는 마치 재판관들 앞에 앉아 있는 것처럼 괴로웠다. 그 모습을 보고 쿠포가 소리쳤다.

"그런 건 상관없어요. 어쨌든 7월 29일에 결혼식을 올리기로 정했어요. 토요일이에요. 어때요, 괜찮죠?"

누나가 대답했다.

"우리야 늘 괜찮지. 우리한테 물어볼 필요도 없어. 우린 그저 조용히 살고 싶을 뿐이야."

제르베즈는 고개를 떨어뜨린 채 어찌할 바를 몰랐다. 그녀는 작업장 바닥을 발로 툭툭 건드렸다. 작업장 바닥에는 나무로 만든 마름모꼴의 체가 깔려 있었다. 그녀는 무심코 그 체의 구멍에 발끝을 집어넣었다. 그녀는 발끝을 빼면서 자기가 무언가 흩트려 놓은 것 같아 제대로 해 놓으려고 손으로 더듬었다.

그때였다. 로리외가 갑자기 램프를 들이대고 의심스러운 눈초리로 그녀의 손가락을 살폈다. 그러는 사이 로리외 부인은 제르베즈의 구두에서 눈길을 떼지 않았다. 그러더니 상냥한 미소를 띠고 조용히 말했다.

"미안하지만 구두 바닥 좀 보여줄래요?"

얼굴이 새빨개진 제르베즈는 의자에 앉아 구두 바닥을 보여 주었다. 쿠포는 화가 나서 이미 문을 열고 큰 소리로 작별 인사를 하고 있었다.

복도를 요리조리 빠져나와 7층 층계참에 이르렀을 때 제르베즈는 눈물을 글썽이며 말했다.

"우리 앞날이 그리 행복할 것 같지 않아요."

제2장

43

제3장

제르베즈는 결혼식을 따로 올릴 필요를 못 느꼈지만 쿠포의 생각은 달랐다. 사람들과 식사라도 함께 나누지 않고 결혼했다고 말할 수는 없다고 우겼다. 쿠포는 절대로 흥청망청 시끄럽게 치르지 않겠다고, 사람들이 술에 취하지 않도록 술잔에서 눈을 떼지 않겠다고 약속해서 제르베즈의 동의를 받아냈다.

쿠포는 샤펠 대로에 있는 오귀스트네 술집 '은 풍차'에서 피로연을 하기로 했다. 1인당 5프랑짜리 피로연으로서 하객들 각자가 피로연 비용을 부담하기로 했다. 그는 열흘 동안, 누나가 살고 있는 구트도르가의 아파트의 사람들 중에서 열다섯 명의 회식 참가자를 엄선했다.

그런데 쿠포는 빈털터리였다. 그는 고용주에게서 50프랑을 빌렸다. 그 돈으로 우선 그는 금으로 된 9프랑짜리 결혼반지를 마련했다. 다음으로 그는 일단 선금 25프랑만 치르고 프록코트와 바지, 조끼를 주문했다. 구두와 모자는 아직 쓸 만했다. 아이들은 회식비가 공짜니까, 두 부부의 회식비 10프랑을 치르고 나면 6프랑이 남았다. 그는 속이 쓰렸지만 그 6프랑은 성당 미사 비용으로 쓰기로 했다. 그는 성당으로 가서 신부와 한 시간이나 씨름한 끝에 미사 비용을 5프랑으로 흥정하는 데 성공했다. 1프랑, 그러니까 20수의 돈이 남게 된 것이다.

제르베즈도 결혼식을 조촐하게 하고 싶었다. 결혼이 결정되자 그녀는 잔업까지 하는 등 열심히 일해서 30프랑을 별도로 마련했다. 그녀는 평소부터 탐을 내오던 실크 반코트를 13프랑에 샀다. 이어서 그녀는 죽은 세탁부의 드레스를 남편에게서 10프랑에 산 후, 그것을 자기 몸에 맞게 완전히 뜯어고쳤다. 남은 7프랑으로 그녀는 면장갑 한 켤레, 보닛에 달 장미 한 송이, 큰아들 클로드의 구두를 샀다. 다행히 아이들의 옷은 입을 만했다. 그녀는 아이들 옷을 깨끗이 세탁한 후, 나흘 밤을 꼬박 바쳐 자기 양말과 아이들 속옷의 작은 구멍까지 세밀하게 꿰맸다.

이제 준비는 끝났다. 쿠포는 증인으로 마디니에 씨와 '불고기 병사'를 택했고 로리외와 보슈에게 제르베즈의 증인으로 서

줄 것을 부탁했다. 그들은 여섯이 조용하게 시청과 성당으로 갈 작정이었다. 신랑의 두 누나는 부르지 않기로 했고 어머니는 함께 가기로 했다.

결혼식 참석자들은 모두 일단 오후 1시에 식당에서 모이기로 약속했다. 거기서 기차를 타고 생드니 들판으로 가서 놀고, 돌아올 때는 걸어올 예정이었다. 그렇게 되면 저녁 피로연 때 식욕이 나리라는 게 쿠포의 계산이었다.

드디어 결혼 당일이 되었다. 쿠포는 달랑 1프랑짜리 지폐 한 장을 들고 뭔가 불안했다. 그는 예의상 증인들에게는 저녁을 기다리는 동안 포도주와 햄 한 조각씩은 대접해야 하리라고 생각했다. 분명 20수로는 어림도 없으리라. 그는 구트도르가로 달려가서 로리외에게 대담하게 10프랑을 빌려달라고 했다. 자형은 투덜거리면서 5프랑짜리 지폐 두 장을 내주었다.

시청에서의 결혼식은 10시 30분에 열릴 예정이었다. 이글거리는 태양이 거리를 달굴 정도로 날씨가 화창했다. 신랑 신부와 증인들은 함께 시청으로 갔다. 되도록 천천히 왔는데도 불구하고 그들은 30분이나 일찍 도착했다. 그런데 시장이 11시가 다 되어서야 나타나는 바람에 한참을 더 기다려야만 했다.

이어서 결혼식이 진행되었다. 시장이 집전하는 가운데, 의례

적인 절차, 법규 낭독, 질문, 서명 등이 너무 빠르게 진행되어서 그들은 뭔가 도둑맞은 기분으로 서로를 쳐다보았다. 제르베즈는 얼떨떨한 가운데 가슴이 벅차서 손수건을 입술에 갖다 댔다. 쿠포의 어머니는 뜨거운 눈물을 흘렸다. 모두가 서류에 비뚤비뚤 서명을 했지만 신랑은 글자를 쓸 줄 몰라서 십자가를 하나 그려 넣었다. 그들은 모두 가난한 사람들을 위해 4수씩 기부했다. 이윽고 시청 급사가 쿠포에게 결혼증명서를 전달하자 그들은 모두 시청에서 나왔다.

이제 성당으로 갈 순서였다. 도중에 남자들은 맥주를 마셨고 쿠포 어머니와 제르베즈는 물에 탄 카시스주를 마셨다.

텅 빈 성당에서 성당지기가 그들을 기다리고 있다가 이렇게 늦게 오면 어떻게 하느냐고 화를 냈다. 그들이 안으로 들어가자 사제가 기다리고 있다가 서둘러 미사를 진행했다. 그들은 모두 제의실에서 서명을 하고 밖으로 나왔다.

그들이 중앙 현관으로 나와 눈부신 햇빛을 만났을 때, 그들은 모두 잠시 숨을 몰아쉬며 멍하니 있었다.

"이제 다 끝났어." 쿠포가 어색하게 웃으며 말했다.

그가 덧붙였다.

"휴우, 그래도 질질 끌지 않아서 다행이야. 치과 의사가 이

뽑는 것처럼 순식간에 해치우네."

그러자 로리외가 냉소를 띠고 말했다.

"그래, 정말 훌륭한 솜씨지. 5분 만에 쓱싹 해치우고는 평생 잘 살라니, 원. 자, 불쌍한 카데카시스, 잘해보라고."

네 증인이 모두 축 처진 쿠포의 어깨를 두드려주었고, 제르베즈는 눈물이 글썽한 채 미소를 짓고 있는 시어머니를 안아주었다. 제르베즈는 말도 제대로 잇지 못하는 시어머니에게 말했다.

"어머니, 걱정 마세요. 정말 잘할 거예요. 정말 열심히 노력할게요. 저는 진짜로 행복해지고 싶어요……. 저이랑 저랑, 둘이 힘을 모으면 돼요."

일행은 모두 식당으로 갔다. 쿠포는 피로연 손님들이 도착하기 전에 작은 방에서 술 두 병과 빵, 그리고 햄을 주문했다. 보슈와 '불고기 병사'가 그걸 눈 깜짝할 사이에 먹어치웠다. 쿠포는 카운터로 가서 4프랑 5수를 지불했다.

이윽고 1시가 되었고 손님들이 도착했다. 그런데 막 식당으로 들어서던 쿠포의 큰 누나인 르라 부인이 큰 소리로 외쳤다.

"이런, 소나기가 한바탕 쏟아질 것 같아. 큰일 났어."

모두들 몰려나와 하늘을 보았다. 남쪽 하늘로부터 먹장구름이 몰려오고 있었다. 사흘 전부터 어지간히 덥더니 기어코 한바탕 쏟아질 모양이었다. 아직 로리외 부인이 오지 않았다. 일행은 초조한 기분으로 그녀를 기다렸다.

회오리바람이 불어와 땅을 휩쓸기 시작했다. 시계를 보니 벌써 2시 20분 전이었다. 그때 쿠포가 소리쳤다.

"이것 봐, 천사가 눈물을 흘리시네."

세찬 소나기가 내리기 시작한 것이다. 드디어 로리외 부인이 숨을 헐떡이며 소나기 속에서 나타났다. 그녀는 문간에서 우산이 잘 접히지 않는다며 울화통을 터뜨렸다.

하늘에서는 번개가 치고 천둥이 울리고 있었다. 반 시간 동안 양동이로 퍼붓듯 비가 내리더니 이윽고 희뿌연 하늘에서 가랑비가 내리기 시작했다.

사람들의 의견이 갈렸다. 여전히 나들이 꿈에 젖어 있는 사람들은 계획대로 교외로 나가자고 했고, 길이 엉망진창일 것이고 앉을 데도 없다, 게다가 비가 언제 또 쏟아질지 모르는데 무슨 바보 같은 소리냐고 윽박지르는 사람도 있었다. 어떤 이는 그냥 여기서 저녁까지 기다리자고 했고, 그 소리에 로리외 부인이 그러느니 다시 집으로 돌아가겠다, 새 옷을 입고 비를 쫄딱 맞으며 왔는데, 술집에 처박혀 있으라는 거냐고 화를 벌컥

냈다.

그런데 그때까지 아무런 제안도 하지 않고 있던 마디니에 씨가 말했다.

"그렇다면 루브르 박물관에라도 가볼까?"

그가 턱을 어루만지며 사람들의 의견을 물었다.

"골동품, 초상화, 그림 등 엄청나게 볼 게 많아요. 정말 유익하지. 잘들 모르시는 것 같네. 적어도 한 번쯤은 꼭 봐야 해요."

그런 이야기를 들어본 것 같기도 하고 아닌 것 같기도 한 사람들은 멀뚱하게 서로의 얼굴만 쳐다보았다. 그러자 마디니에 씨의 의견에 감동한 로리외 부인이 아주 유익하고 좋은 의견이라고 말했다. 이렇게 좋은 옷을 차려입은 데다, 하루를 희생하기로 한 이상, 교양에 도움이 되는 무언가를 해야 할 것 아닌가?

모두들 찬성이었다. 일행은 술집 주인에게 손님들이 두고 간 낡은 푸른색 우산, 초록색 우산, 갈색 우산 들을 빌려서 박물관을 향해 출발했다. 쿠포의 어머니가 다리가 아파서 식당에 남았기에 모두 열두 명이었다. 상당히 긴 행렬이었다.

일행은 생드니가를 빠져나와 대로를 가로질렀다. 소나기가 다시 쏟아져 일행은 우산을 펼쳐 들었다. 길에 있던 건달 소년 두 명이 그들을 가리키며 가장행렬이 지나간다고 소리치자 거리를 어슬렁거리던 사람들이 달려왔다. 상점 주인들도 재미있다는 듯 가게 진열창 뒤에서 발돋움을 하고 그들을 바라보았다.

제르베즈의 짙푸른 드레스, 포코니에 부인의 꽃무늬 드레스, 보슈의 노란 바지, 쿠포의 번쩍이는 프록코트, 로리외 부인의 화려한 드레스 등 가난한 사람들이 사치스런 헌 옷들을 입고 일렬로 행진하는 모습이 재미있어 구경꾼들은 즐거운 표정이었다.

일행은 드디어 루브르에 도착했다. 여러 번 이곳에 와본 적이 있는 마디니에 씨가 선두에 서겠다고 정중하게 제안했다.

그들은 우선 아래층 아시리아 전시관에 들렀다. 일행은 몸이 약간 떨렸다. 서늘했기 때문이었다. 세상에, 어떻게 지하실처럼 시원하지, 라고 그들은 쑥덕거렸다. 그들은 거대한 석상들 사이를 지나 2층 프랑스 관으로 올라갔다. 금줄 장식이 달린 제복을 입은 수위가 마치 그들을 맞이하듯 층계참에 서 있었고 그들은 엄숙한 기분이 되었다. 그들은 경건한 마음으로 가능한 한 조용한 걸음걸이로 프랑스 전시관으로 들어갔다.

그들은 그림보다는 액자에 둘러쳐진 금테두리에 눈이 휘둥그레졌다. 그들은 걸음을 멈추지 않고 작은 전시실들을 계속해서 들렀는데, 그림들이 하도 많아 자세히 볼 겨를도 없었다. 제길, 웬 그림이 이리 많아! 그림 하나 이해하는 데도 한 시간은 걸릴 거야! 정말 끝이 없었다. 드디어 프랑스 전시관 끝에 이르자 마디니에 씨가 제리코의 「메두사호의 뗏목」이라는 그림 앞에서 그림의 주제에 대해 설명했다. 모두들 입을 다물지 못하고 그 자리에 서 있었다. 일행이 다시 걷기 시작하자 보슈 씨가 모두의 감상을 요약해 한 마디로 말했다.

"엄청나게 더웠겠다."

이어서 그들은 아폴로 전시관으로 들어갔다. 그들이 무엇보다 감탄한 것은 의자 다리까지 비쳐 보이는 깨끗한 대리석 마루판이었다. 마치 물 위를 걷는 것 같은 기분이어서 눈을 꼭 감는 여자도 있었다.

이들은 끝없이 이어지는 방들, 그림들 앞에서 머리가 아팠고 그림들을 올려다보느라 목이 아팠다. 쿠포는 「모나리자」 앞에 서서, 자기 아주머니 한 분과 닮았다고 말했다. 남자들은 여자의 나체 그림 앞에서 킬킬거렸다.

어리벙벙한 그들 앞으로 수 세기의 예술품들이 휙휙 지나갔다. 이윽고 일행은 온 길을 되밟아서 아폴로 전시실을 다시 가로질러 갔다. 여자들은 다리가 끊어질 것 같다며 툴툴거렸다. 그러나 마디니에 씨는 로리외에게 고대 보석들을 보여주고 싶

목로주점

52

었다. 그는 바로 옆방이라고 생각하고 일행을 이끌었다. 그러나 엉뚱한 방이었다. 그는 사람들을 이끌고 일고여덟 개의 방을 헤매었다. 모두들 이제 나가자고 해서 그는 출구를 찾았다. 하지만 출구려니 하고 들어간 곳은 또 다른 전시실이었다. 길을 잃었다고 고백하기 싫은 마디니에 씨는 일행을 위층으로 이끌고 갔다. 그러자 해양 기구와 대포, 모형 군함 들이 진열되어 있는 해군 박물관이 나타났다. 마디니에 씨는 식은땀이 났다.

15분 정도 길을 헤매다 눈앞에 계단이 나타나서 내려가니 다시 데생 진열실이었다. 그리고 다시 프랑스관이 나타났다. 마디니에 씨는 넋이 나간 듯 이마의 땀을 닦으며 관리소에서 출입구를 바꿔 놓았다고 분통을 터뜨렸다.

도저히 밖으로 나갈 수 없으리라. 일행이 절망에 빠져 있는데 수위들이 큰 소리로 외쳤다.

"문 닫을 시간! 문 닫을 시간!"

그대로 문이 닫혔다면 아마 그들은 그 안에 꼼짝없이 갇혔을 것이다. 다행히 수위 한 명이 그들을 출구까지 인도해 무사히 빠져나올 수 있었다. 루브르 안마당의 휴대품 보관소에서 우산을 찾아 들었을 때 그들은 안도의 한숨을 내쉬었다. 마디니에 씨는 그제야 보석 전시실이 왼쪽에 있었던 것을 기억해냈다. 왼쪽으로 가야 할 것을 오른쪽으로 간 것이었다. 일행은 덕분에 많은 것을 보았다며 그를 달랬다.

아직 4시였다. 피로연 예약 시간까지는 두 시간이 남아 있었다. 비도 그쳤기에 일행은 산책을 하자고 했다. 하지만 강변을 따라 걷는 사이 세찬 소나기가 쏟아지기 시작했다. 우산을 썼는데도 여자들 나들이옷이 엉망이 되었다. 일행은 퐁루아얄 다리 아래로 가서 비를 피했다. 강물에 식탁보, 낡은 병마개, 채소 껍질 따위가 마구 떠내려왔고, 소용돌이가 도는 곳에서 쓰레기 더미는 제자리를 맴돌았다.

비가 그치자, 마디니에 씨의 제안에 따라 일행은 튈르리 공원을 가로질러 방돔 광장으로 갔다. 마디니에 씨는 박물관에서의 실수를 만회할 요량으로 모두들 탑 위에 올라가 보자고 제안했다. 전망대로 올라간 일행은 현기증을 느끼며 아래를 내려다보았다. 꼭 이 세상과 단절된 채 공중에 떠 있는 것 같았다. 정말이지 창자까지 오싹했다.

마디니에 씨는 먼 곳을 바라보라고 일행에게 말했다. 그러면 어지럽지 않다고 했다. 그는 손가락으로 앵발리드, 팡테옹, 노트르담, 생자크 탑, 몽마르트 언덕을 가리켰다. 그들 눈앞에서 파리의 지붕들이 물결처럼 넘실거리며 저 멀리까지 끝없이 펼쳐져 있었다.

일행이 탑에서 내려오자 5시 30분이 가까워졌다. 일행은 '은 풍차'로 향했다.

'은 풍차'에서는 박물관까지 동행하지 않은 몇몇 참석자가 기다리고 있었다. 경비실을 이웃 여자에게 맡기고 온 보슈 부인이 쿠포의 어머니와 잡담을 나누고 있었으며 그녀가 데려온 클로드와 에티엔은 의자 사이를 헤집고 다니며 놀고 있었다. 아직 초대한 손님들 중 메보트가 오지 않았지만 일행은 식탁 주변에 둘러앉았다.

이윽고 음식이 나오자 모두들 음식에 코를 처박고 먹느라 바빴다. 웨이터가 완자 고기 파이를 들고 왔을 때 메보트가 들어섰다. 얼굴이 벌건 게 이미 한잔 걸친 게 분명했다.

엄청난 식욕들이었다. 특히 메보트는 계속 빵을 더 달라고 해서 식당 주인 부부가 당황스러워 했고 모두들 그 모습을 보고 배꼽을 잡고 웃었다.

일동은 송아지 넓적다리 찜과 완두콩을 먹었다. 이어서 닭고기 구이가 나왔고, 메보트는 치즈를 먹어치우면서 계속 빵을 시켰다. 식사가 끝나자 남자들은 파이프 담배를 피웠고 웨이터

들이 커피와 코냑을 가져왔다.

식사가 끝나자 마디니에 씨가 접시 하나를 들었다. 여자들이 먼저 접시 위에 100수씩 동전을 올려놓았고 남자들이 홀 건너편 구석에서 돈을 접시에 올려놓았다. 그런데 메보트는 3프랑밖에 내놓지 않았다. 아마 오는 도중에 술값으로 써버린 모양이었다. 만일 제르베즈가 애원하는 눈빛으로 쿠포의 프록코트를 잡아당기지 않았으면 분명히 턱에 한주먹 날렸을 것이다. 쿠포는 누이 몰래 자형 로리외에게 2프랑을 빌려야만 했다.

모두 열다섯 명이었다. 식사 값은 모두 75프랑이었다. 75프랑이 접시 위에 놓이자 각자 웨이터 팁으로 5수씩 더 내놓았다.

마디니에 씨가 식사 대금을 치르려 하자 주인이 그걸로 모자라다고 했다. 포도주가 미리 예약한 것보다 다섯 병이 더 들어갔으며, 디저트가 추가되었고, 럼주가 한 병 더 들어갔다는 것이었다. 쿠포는 화를 냈으나 주인은 메보트가 엄청나게 먹은 빵값은 계산에도 넣지 않았다며 6프랑을 더 내라고 했다.

마디니에 씨가 술집 주인과 아래층으로 내려갔다. 30분 넘게 씨름한 결과 그는 3프랑으로 흥정했다. 모두들 화를 냈고 주인과 한바탕 싸울 기세였다. 피로연은 엉망이 되었다. 일행은 화를 낸 채 제각각 집으로 돌아갔다.

마디니에 씨가 쿠포의 어머니를 데려다주기로 했고, 부부가 첫날밤을 오붓하게 지내도록 보슈 부인이 클로드와 에티엔을 자기 집으로 데려가 재우기로 했다.

쿠포와 제르베즈가 밖으로 나가니 로리외 부부가 조금 떨어진 가스등 아래 서 있었다. 로리외 부부는 신혼부부가 나타나자 뒤도 돌아보지 않고 앞장서서 걸었다. 어찌나 빨리 걸었는지 신혼부부는 숨을 헐떡거리며 쫓아가야만 했다.

로리외가 뒤를 돌아보며 "우리가 집까지 바래다줄까?"라고 말했다. 그러자 로리외 부인이 목소리를 높였다. "첫날밤을 그런 더러운 봉쾨르 여관에서 지내다니 꼴좋다. 돈을 좀 모은 다음 가구도 장만한 제집에서 첫날밤을 지낼 수 있을 때까지 결혼을 미뤘어야 되는 거 아냐? 정말 말도 안 돼! 공기도 통하지 않는 10프랑짜리 싸구려 골방에서 첫날밤을 보내다니!"

그러자 쿠포가 누나 눈치를 살피면서 대답했다.

"내 방은 벌써 내놨어. 좀 더 넓은 제르베즈 방에서 지내기로 했어."

그러자 로리외 부인이 몸을 홱 돌렸다.

"거참, 장하네! 절름발이 방에서 잠을 자게 되었으니!"

제르베즈는 새파랗게 질렸다. 면전에서 그런 소리를 하다니!

제르베즈는 마치 따귀라도 맞은 기분이었다. 제르베즈는 금방 그 말뜻을 이해했다. 그녀가 다리를 전다는 뜻이 아니었다. '절름발이 방'이란 그녀가 얼마 전까지 랑티에와 지냈던 방, 과거의 흔적이 남아 있는 방이라는 뜻이었다. 그러나 그 뜻을 알아차리지 못한 쿠포가 툴툴거렸다.

"그렇게 남의 별명을 함부로 부르면 안 돼. 누나보고 소꼬리라고 부르면 좋아?"

그러면서 제르베즈를 위로하려고 살며시 팔을 잡았다. 그러면서 그는 달랑 7수를 가지고 살림을 시작하는 거라고, 힘을 내자고 제르베즈의 귀에 대고 속삭였다.

봉쾨르 여관에 도착한 그들은 그곳에서 작별 인사를 했다. 쿠포는 두 여자가 포옹하도록 떠밀었다. 그때였다. 웬 주정뱅이 한 명이 비틀거리며 두 여자 사이에 끼어들었다. 제르베즈는 질겁하며 여관 입구에 바싹 달라붙었다. 장의 인부인 바주즈 영감이었다. 영감은 흙탕물로 얼룩진 바지, 검정 외투를 입고 찌부러진 검정 가죽 모자를 쓰고 있었다.

로리외가 제르베즈를 향해 말했다.

"겁낼 것 없어요. 나쁜 사람이 아니야. 우리 이웃이야. 우리랑 같은 층에 살아."

제르베즈가 질겁하는 모습을 보고 바주즈 영감은 화가 난 모양이었다.

"왜 이러는 거야. 장의 인부라고 사람 잡아먹는 줄 아나? 다른 사람들하고 똑같다고……. 자, 귀여운 아줌마, 잘 보라고……. 난 명랑한 사람이야."

하지만 제르베즈는 금방이라도 울음을 터뜨릴 것 같은 표정으로 여관 입구 구석에서 몸을 더 움츠렸다. 무서움에 간신히 하루 종일 지탱해 온 기쁨이 날아가버린 것 같았다. 그러자 바주즈가 비틀거리며 경멸에 찬 목소리로 말했다.

"귀염둥이 아줌마, 당신이라고 죽지 않을 수는 없어. 당신도 빨리 가고 싶어질 때가 있을 거라고. 그렇고 말고, 저 지하로 데려다주면 고마워할 여자들을 내가 여럿 알고 있지."

로리외 부부가 그를 데려가려고 팔을 잡자 그가 고개를 돌리더니 딸꾹질을 하면서 덧붙였다.

"사람이란, 죽으면……. 그래…… 죽으면 다 그만인 거야."

제4장

제르베즈와 쿠포는 4년 동안 정말 힘들게 일했다. 동네에서 부부는 금슬 좋기로 소문이 났다. 부부 싸움이라고는 해본 적도 없었으며 일요일이면 반드시 둘이서 생투앙 쪽으로 산책을 갔다. 아내는 하루 열두 시간씩 일을 하고도 집 안을 유리처럼 말끔하게 청소했고 식구들 아침과 저녁 식사를 단 한 번도 빼놓지 않고 준비했다. 남편은 술에 취하는 적이 없었으며 급료를 꼬박꼬박 집으로 가져왔다. 둘이 하루에 9프랑을 벌었기에 사람들은 그들이 돈을 꽤 많이 저축했으리라고 짐작하고 있었다.

그들은 정말 정신없이 일했다. 결혼 때 진 빚 200프랑을 갚아야 했기 때문이기도 했지만 봉쾨르 여관에서 산다는 게 끔찍하게 싫었기 때문이었다. 그들은 그들만의 집, 그들만의 가구를 꿈꾸었다. 부부는 스무 번도 넘게 필요한 돈을 계산해보았다. 자신들이 필요한 가구들을 사는 데 350프랑이 필요했고 몇 년이 걸려도 그 정도 돈을 저축한다는 것은 불가능했다.

그런데 뜻하지 않은 행운이 찾아왔다. 우연히 제르베즈의 고향 플라상스에 사는 한 노신사가 이곳에 찾아왔다. 그는 큰아들 클로드가 서툴게 그린 인물화에 반했다. 미술 애호가인 이 괴짜 노신사는 클로드를 그곳 중학교에 넣어주겠다는 고맙기 짝이 없는 제안을 해온 것이다. 이미 경제적으로 큰 부담을 주고 있던 아들을 그가 데려가자 생활비가 확 줄었고 부부는 7개월 만에 350프랑을 저축할 수 있었다.

둘은 벨롬가의 고물상에서 가구를 구입하면서 가슴이 터질 듯 기뻤다. 침대 하나, 침실용 작은 탁자 하나, 서랍장 하나, 장롱 하나, 식탁 하나와 의자 여섯 개를 샀으며 그 외에도 침구, 부엌 집기 등을 샀다.

이제 그들은 집을 고르기 시작했다. 구트도르가의 노동자들 아파트에 집을 구하고 싶었지만 빈집이 없었다. 제르베즈는 조금도 섭섭하지 않았다. 로리외 부부와 이웃이 되어 산다는 게 내심 두려웠던 것이다.

쿠포는 제르베즈가 일을 나가는 포코니에 부인의 세탁소 근처의 집을 알아보자고 했다. 그들은 다행히 뇌브 드 라 구트도르가에서 아주 적당한 집을 찾아냈다. 세탁소 바로 건너편의 작은 2층 건물에 속한 방이었다. 가파른 계단을 통해 올라갈 수 있는 2층에는 단지 두 가구만 살도록 되어 있었다. 부부는 그중 한 방을 세내었다.

제르베즈는 그곳이 마음에 꼭 들었다. 조용히 가족들과만 지낼 수 있는 그곳이 꼭 고향 플라상스 성벽 뒤에 있는 골목 같았기 때문이었다.

그들은 4월 말에 새 집으로 이사를 했다. 그때 제르베즈는 임신 8개월이었다. 하지만 그녀는 억척스럽게 일을 했다. 쿠포가 좀 쉬라며 그녀를 눕히려 해도 괜찮다고 손사래를 쳤다. 그녀는 마치 자식을 대하듯 가구들을 정성스레 닦았다. 마치 종교 의식을 거행하는 것 같았다. 그녀는 가구에서 아주 작은 흠집이라도 발견하면 가슴이 미어지는 것 같았다.

그들은 그곳에서 정말 행복했다. 곁방에 에티엔의 침대를 놓았는데, 거기에는 어린이용 침대를 하나 더 놓을 만한 공간이 있었다. 부엌은 손바닥만큼 작고 어두웠지만 그래도 문을 열어 두면 꽤 환했다. 그들은 그들의 자랑스러운 큰방을 정성을 다해 꾸몄다. 침대가 자리 잡고 있는 곳을 커튼으로 가리면 그곳은 커다란 식당이 되었다. 쿠포는 거울 대신 고급 판화를 그곳에 걸어 놓았고 벽난로 위에는 가족사진을 올려놓았다. 그들의 집세는 월 150프랑이었고 제르베즈는 집세가 너무 싸다며 손님들에게 자랑하곤 했다.

제르베즈가 해산을 한 것은 4월의 마지막 날이었다. 오후 4시경에 세탁소에서 커튼을 다리다가 그녀는 진통을 느꼈다. 하지만 그녀는 하던 일을 그치지 않고 진통이 약간 가라앉기를 기다려 다시 다림질을 했다.

'단순한 복통일 거야. 배가 아프다고 해서 하던 일을 멈출 수는 없어.'

하지만 커튼을 다 다리고 남자 바지를 다리기 시작했을 때 그녀의 얼굴은 새하얗게 질렸다. 그녀는 가게에서 나와 배를 움켜쥐고 집으로 갔다. 그녀는 길에서 만난 아는 사람에게 산파를 불러달라고 부탁한 후 겨우 집으로 갔다.

집으로 간 그녀는 복통이 좀 가라앉자 쿠포의 저녁을 준비하기 시작했다. 아이를 낳는다고 해서 남편을 굶길 수는 없었다. 그날 저녁 메뉴는 양갈비 스튜였다. 그녀는 고기를 불 위에 올려놓고 감자를 깠다. 그때까지만 해도 괜찮았다. 식탁에 식기를 차려놓으려고 하는 순간, 그녀는 그대로 쓰러졌고 신발 흙을 터는 깔개 위에서 그대로 해산을 했다. 15분 뒤 산파가 도착할 때까지 그녀는 그곳에 누워 있었고 산파는 황급히 뒤처리를 했다.

그 시각, 남편은 병원에서 일을 하고 있었다. 제르베즈는 남편 일에 방해가 된다며 해산 사실을 알리지 말라고 사람들에게 말했다. 남편은 7시가 되어 일터에서 돌아온 다음에야 아내가 출산한 것을 알았다.

딸이었다. 제르베즈는 아기를 바라보며 조금 슬퍼졌다. 사내아이였으면 좋았을걸. 그래야 이 파리에서 별 위험도 겪지 않고 그럭저럭 살아갈 수 있을 텐데…….

쿠포는 지체 없이 가족들에게 소식을 알리러 갔다. 30분 후 그의 어머니, 로리외 부부, 때마침 로리외 부부의 집에 와 있던 르라 부인이 그와 함께 집으로 왔다. 그들은 모두 아이를 너무 쉽게 낳았다고 감탄했다. 그리고 10시까지 제르베즈의 머리맡에 앉아 이러저런 이야기를 나누었다. 로리외 부부가 태어난 아이의 대부와 대모가 되기로 했고, 아이의 이름은 대모인 안나 로리외의 애칭인 나나로 정했다.

제르베즈는 해산 다음 날 저녁부터 자리에서 일어나 청소를 하고 남편 저녁 식사를 준비했다.

'아픈 척하는 건 지체 높은 여자들에게나 어울릴 일이지. 내

가 계속 누워 있으면 다들 비웃을 거야.'

해산한 지 사흘 후 그녀는 벌써 포코니에 부인의 세탁소에서 땀을 뻘뻘 흘리며 속치마를 다리고 있었다.

토요일 저녁에 유아 세례 축하 만찬이 있었고, 그 일을 계기로 쿠포와 제르베즈는 옆집에 살고 있는 구제 모자(母子)와 친하게 지내게 되었다. 이제까지는 층계참에서 만나면 인사만 나누던 사이였는데 해산한 다음 날 구제 부인이 물 한 양동이를 올려다 주었었다. 제르베즈는 그들 모자가 좋은 사람들 같으니 식사에 초대하는 게 옳다고 생각했다. 이후 그들은 자연스럽게 친하게 지내는 사이가 되었다.

구제 모자는 노르 지방 출신이었다. 어머니는 레이스 짜는 일을 했고 구제는 대장장이로서 볼트 공장에서 일하고 있었다. 5년 전부터 이곳에서 살고 있는 그들 모자에게는 슬픈 과거가 숨겨져 있었다. 구제의 아버지가 취중에 친구를 죽이고 옥중에서 자살한 것이다. 그들 모자는 그 불행을 겪은 후 파리로 이사했다. 그들은 엄격한 정직성, 변함없는 친절과 용기로 그 비극을 이겨내며 살아가고 있었다.

구제 부인은 섬세한 수공예 일에 걸맞은 인상을 하고 있었다. 단아하게 품위가 있었으며 귀부인처럼 하얀 피부에 침착한 표정을 하고 있었다. 장밋빛 얼굴에 파란 눈을 가진 구제는 헤라클레스처럼 힘이 센, 스물세 살의 대장부였다. 아름다운 노란 턱수염을 하고 있어 사람들은 그를 '황금 주둥이'라고 불렀다.

제르베즈는 이 모자에게 깊은 우정을 느꼈다. 처음으로 그 집에 들어갔을 때 그녀는 집 안이 너무 깨끗한 것을 보고 놀랐다. 먼지 하나 없었고 유리창은 거울처럼 반짝였다. 구제의 방은 마치 여자아이 방처럼 예쁘고 깔끔했다.

그들은 정말 사귈 만한 사람들이었다. 그들은 늘 열심히 일했고 급료의 4분의 1을 은행에 저금했다. 동네 사람들은 이들 모자가 지나가면 공손하게 인사를 했고 그들이 저축을 많이 한다며 칭찬했다. 구제는 그 우람한 체격에도 불구하고 아주 얌전했으며 심지어 소심하기도 했다. 거리에서 그를 만난 세탁부들은 그렇게 어깨가 딱 벌어지고 늠름한 그가 고개를 숙이고 걸어가는 모습을 보고 재미있어했다. 그는 여자들의 천박한 이야기나 상스러운 말투를 좋아하지 않았다. 그는 술도 결코 취하도록 마시지 않았고 자기 주량만큼만 마셨다.

3년 가까이 제르베즈 부부와 구제 모자는 흉허물 없는 이웃으로 가깝게 지냈고 일요일마다 함께 외출을 했다. '카데카시스'는 파리 사람 특유의 달변으로 '황금 주둥이'를 바보라고 놀려댔다. 그렇게 여자들 앞에서 부끄러워하다니 속치마를 입는 게 낫다고 놀려대기도 했고, 구제가 동네 아가씨들 모두에게 추파를 던진다고 엉뚱하게 뒤집어씌우기도 했다. 그러면 이 순진한 청년은 기를 쓰고 아니라고 우겼다. 그러면서 둘은 아주 친한 사이가 되었다.

이제 제르베즈는 일당 3프랑을 받는 숙련공이 되었다. 부부는 두 아이를 키우면서도 매달 20~30프랑을 은행에 예금했다. 그들의 예금액이 600프랑에 이르렀을 때 제르베즈는 은밀한 야심 때문에 잠을 이루지 못했다. 작은 가게를 하나 빌려 세탁소를 개업하고, 세탁부들을 고용해 운영해지고 싶어진 것이다.

그녀는 찬찬히 계산을 하고 미래의 꿈을 그려보았다. '그래, 일이 잘되면 20년쯤 뒤면 부부가 어딘가 시골로 가서 연금으로 생활할 수도 있을 거야.' 하지만 그녀는 자신의 계획을 당장 실행에 옮기지는 않았다. 그녀는 큰마음 먹고 산 괘종시계 안에 통장을 감추고 간간이 그것을 들여다보았다.

나나가 만 세 살이 되던 날 저녁, 집으로 돌아온 쿠포는 평상시와는 다른 아내의 모습을 보았다. 뭔가 안절부절못하고 흥분해 있었다. 그녀가 평소와 다르게 식탁도 제대로 차리지 못하고 접시를 든 채 생각에 잠겨 있자 쿠포가 다그쳐 물었다.

"그래요, 구트도르 거리에 있는 작은 잡화점이 셋집으로 나왔어요……. 너무 좋은 집이에요."

그 집은 노동자들 아파트 건물 1층의 아주 깨끗한 가게였다. 가게에는 뒤와 오른쪽, 왼쪽에 방이 세 개 딸려 있었다. 다만 집세가 너무 비싼 게 흠이었다. 집주인은 250프랑을 요구하고 있었다.

그녀가 말했다.

"탐은 나지만 집세가 너무 비싸요. 게다가 가게를 연다는 게 잘하는 일인지도 모르겠고……."

그러나 쿠포는 아내의 소원을 들어주고 싶었다. '그래, 250프랑 이하로는 그런 깔끔한 집을 구할 수 없을 거야. 잘하면 깎아줄 수도 있잖아'라고 생각했다.

"우리 내일 가 보자고." 남편이 말했다. "내가 일하고 있는 나시옹가의 주택으로 6시까지 와. 돌아오면서 거기 함께 들러보지."

그 무렵 쿠포는 신축 중인 4층 건물의 지붕 까는 작업을 마무리하고 있었다. 이제 마지막 함석을 몇 장만 더 깔면 되었다.

5월의 아름다운 태양이 서쪽으로 기울며 굴뚝들을 금빛으로 물들이고 있었다. 쿠포는 저 높은 지붕 위에서 작업대에 엎드린 채, 마치 재단사가 옷감을 자르듯이 함석을 자르고 있었다. 옆에서는 금발 머리 소년이 조수 역할을 하면서 풀무질을 하고 있었다. 쿠포는 마지막 한 장의 함석을 들어올렸다. 빗물받이 홈통 근처에 깔 함석이었다. 그곳은 경사가 급했다. 그는 편안한 자세로 앉아 함석에 납땜을 하기 시작했다.

그때 그의 눈에 차도를 건너오는 문지기 보슈 부인의 모습이 보였다. 그가 큰 소리로 외쳤다.

"이봐요, 보슈 부인!"

부인이 고개를 들고 위를 쳐다보자 그가 다시 말했다.

"혹시 우리 집사람 못 봤어요? 날 만나러 이쪽으로 온다고 했는데……."

"아니, 못 봤어요. 오겠지요, 뭐. 수고하세요."

쿠포는 몸들 돌리고 조수가 건네준 인두를 손에 잡았다. 쿠포와 작별 인사를 하고 길을 가던 문지기 여자의 눈에 맞은편 보도에서 나나의 손을 잡고 오는 제르베즈의 모습이 보였다. 그녀는 쿠포에게 그 사실을 알려주려고 고개를 돌렸다. 그러자 제르베즈가 다급한 몸짓으로 그러지 말라고 했다. 갑자기 나타난 자기를 보고 혹시 남편이 지붕에서 떨어지기라도 하면 어쩌나 하는 걱정에서였다. 그녀는 전에 딱 한 번 남편이 일하는 곳

제4장

69

에 온 적이 있었다. 그녀는 참새도 가까이 하지 않을 것같이 까마득히 높은 곳에서 일하는 남편의 모습을 보며, 온몸의 피가 얼어붙는 듯했던 것이다.

그녀는 숨을 죽였고, 나나가 소리라도 지를까봐 나나를 치마폭에 숨겼다. 그리고 무서움에 질려 위를 쳐다보았다. 쿠포는 빗물받이 홈통 근처 함석 끄트머리에 납땜을 미치고 굴뚝에 갓을 씌우는 일만 남기고 있었다. 그는 굴뚝을 향해 올라가다가 제르베즈를 보았다.

그가 소리쳤다.

"이런, 감시를 하고 계셨군. 조금만 기다리셔. 10분 정도면 마무리가 될 거야."

까마득히 높은 저 위에서 쿠포가 "오, 딸기 따는 것은 즐거워라"라고 노래 부르는 소리가 들렸다. 그는 굴뚝 갓을 잘라낸 후 조수가 건네주는 인두로 마지막 납땜을 마무리한 후 제르베즈에게 소리쳤다.

"자, 이제 다 됐어! 바로 내려갈게!"

굴뚝은 지붕 한가운데 있었다. 아버지 모습이 또렷이 보이자 나나가 신이 나서 손뼉을 치며 목청껏 소리를 질렀다.

"아빠, 아빠! 아빠, 나 여기 있어!"

쿠포는 그 소리에 고개를 굽히다가 발이 미끄러지더니 그대로 지붕 위에서 구르고 말았다. 그의 몸은 가벼운 원을 두 번 그리더니 빨래 보따리처럼 둔탁한 소리를 내며 길 한복판에 내동댕이쳐졌다.

제르베즈는 비명을 지르며 두 손을 허공에 뻗은 채 반쯤 얼이 빠져 있었다. 지나가던 사람들이 모두 몰려들었다. 사람들이 그를 재빨리 근처의 약국으로 옮겼다. 제르베즈는 얼이 빠진 가운데 남편의 팔다리를 조심스럽게 만져보았다. 남편의 몸에 아직 체온이 남아 있는지 알아보기 위해서였다.

이윽고 들것이 약국 안으로 들어왔다. 사람들이 그를 병원으로 옮기려 하자 그녀가 벌떡 일어나 소리쳤다.

"안 돼요! 안 돼! 병원으로 가면 안 돼요! 우리 집으로 가야 해요."

사람들이 집에서 간호하면 치료비가 훨씬 더 든다고 아무리 설득해도 소용이 없었다. 결국 사람들은 쿠포를 그녀의 집으로 옮겼다.

쿠포는 1주일 동안 위독한 상태였다. 가족들이나 이웃 사람들은 곧 그가 숨을 거두리라고 생각했다. 왕진 올 때마다 5프랑씩 받는 의사는 내상을 걱정했다. 하지만 제르베즈는 결코 포기하지 않았다. 그녀는 남편의 발치에서 그를 구해내겠다는 일념으로 모든 것을 잊고 간호했다. 쿠포의 어머니와 르라 부인, 로리외 부부도 자주 와서 제르베즈를 도왔다. 하지만 로리외 부인은 제르베즈를 돕는다기보다는, 쿠포를 병원에 데려가지 않은 게 잘못이다, 이런 식으로 간호하다가는 병을 악화시킬 뿐이다, 애당초 그에게 찾아가지만 않았으면 그런 사고도 없었을 것 아니냐고 제르베즈를 비난하고 돌아갔다.

어쨌든 결국 쿠포는 회복되었다. 하지만 의사 왕진 비용 등 돈이 많이 들어 통장 잔고는 거의 바닥이 나버렸다. 그녀는 스스로 위안했다. 이런 불행이 닥쳤을 때 이렇게 쓸 돈이 있다는 게 얼마나 다행이야. 그녀는 가게를 얻으려던 것도 거의 잊었다.

쿠포가 병상에 누워 있는 동안 구제 모자가 큰 도움을 주었다. 구제 부인은 음식을 갖다주기도 하고, 제르베즈가 바쁠 때면 부엌일을 해주기도 했다. 구제는 매일 아침 샘으로 가서 양동이에 물을 길어다 주었다. 그리고 저녁 식사 후에 쿠포의 가족이 없으면 쿠포 부부의 말벗이 되어주었다.

구제는 제르베즈가 쿠포를 간호하는 모습을 보면서 감동했다. 이처럼 성실한 여자는 세상 어디에도 없을 거라고 생각했다. 다리를 조금 저는 건 아무것도 아니었다. 남편 곁에서 온종일 애쓰는 모습은 몸이 멀쩡한 여자 몇 명보다 나았다. 정말 대단했다. '식사할 때조차 자리에 앉지 않다니…….' 그녀는 끊임없이 약국으로 달려갔고, 더러운 세탁물에도 주저 없이 코를 들이밀었으며, 뼈가 으스러지도록 집 안을 정리했다.

쿠포가 회복기에 접어들자 구제가 그에게 말했다.

"이제 거의 다 나은 것 같네요. 사실 난 걱정하지 않았어요. 정말 천사 같은 분이 옆에서 보살펴주고 있으니……."

구제는 레이스 짜는 일을 하는 아가씨와 결혼을 약속한 사이였다. 어머니가 자기와 같은 일을 하는 참한 아가씨를 찾아냈고, 그는 어머니를 실망시켜드리고 싶지 않아 좋다고 했다. 결혼은 9월 초순으로 예정되어 있었다. 제르베즈도 그 사실을 알고 있었다. 제르베즈가 그 결혼 이야기를 꺼내자 그는 고개를 저으며 느릿느릿 말했다.

"여자라고 어디 다 당신 같은가요? 모든 여자가 다 당신 같다면 열 번이라도 결혼할 수 있을 텐데……."

두 달이 지나자 쿠포는 자리에서 일어났다. 하지만 모든 것이 달라졌다. 겨울 빙판에서 다리가 부러진 사람들을 실컷 놀려 먹던 이 장난꾸러기가, 자기가 당한 사고에 대해서는 잔뜩 화가 나 있었다. 그는 두 달 동안 침대에 누워 욕을 하고 사람들을 괴롭혔다. 그리고 이 사고를 저주했다. "이건 정말 부당해. 게으름뱅이도 아니고 주정뱅이도 아닌 선량한 노동자에게 왜 이런 사고가 일어난 거야. 왜 하필 나란 말이야? 하느님이 계시다면, 정말로 공평하신 분이로군!"

다리가 회복되어서도 그는 은근히 일을 하기 싫어했다. "온종일 빗물받이 홈통을 따라 고양이처럼 기어 다녀야 하다니. 정말 비참한 직업이야. 부르주아 놈들은 겁쟁이라 사다리를 못 타니까 우리를 올려 보내지. 그러고는 불가에 앉아 우리들을 비웃고 있지."

마침내 그는 자기 집 지붕은 자기가 까는 게 마땅하다고 말하게 되었다. "맞아, 당연히 그래야 해. 암 그렇고 말고! 비가 새는 게 싫으면 지들이 덮개를 깔아야 할 것 아냐?"

이어서 그는 훨씬 더 근사하고 덜 위험한 직업, 예컨대 고급 가구 세공일 같은 것을 배우지 못한 것을 후회했다. 그리고 그건 아버지 잘못이었다. 그는 아버지란 작자들은 어떻게 해서라도 자식들에게 자기 직업을 물려주려는 고약한 습성이 있다고 했다.

몸이 회복되자 그는 살아 있다는 기쁨을 느끼고 다시 쾌활함을 되찾았다. 입심도 더 날카로워졌다. 다만 팔다리를 내팽개친 채 아무것도 하지 않는 게으름의 맛도 새롭게 깨달았다. 그는 인생이란 아름답다고 생각하면서 왜 이런 아름다움이 언제까지나 지속되지 않는지 모르겠다고 생각했다. 그는 일하는 현장에 가서 뼈 빠지게 일하는 노동자들에게 노동의 대가가 겨우 이거라며 자신의 다리를 내보이곤 했다. 물론 그도 다시 일해야 했고 그도 그것을 알고 있었다. 그러나 가능한 한 천천히 시작하리라. '아, 이런 사고를 당했으니 당연한 일 아닌가! 그래, 게으름을 조금 피우는 것도 나쁘지 않아.'

이제 식구를 먹여 살리는 일은 온전히 제르베즈의 몫이 되었다. 식구 네 명을 먹여 살리려면 뼈 빠지게 일을 해야만 했다. 이제 그녀는 괘종시계 유리 덮개를 열었다 닫았다 할 필요도 없었다. 저금통장은 이미 바닥이 나 있었던 것이다.

하지만 그녀는 쿠포를 조금도 원망하지 않았다. 사람들이 혼자 고생하는 그녀를 동정하면 그녀는 황급히 말했다. "그이가 그렇게 고생했으니 조금 쉬고 싶은 게 당연한 거지요. 건강이 회복되면 다 좋아질 거예요." 사람들이 이제 쿠포가 충분히 일할 만하다고 하면 그녀는 손사래를 쳤다. "아네요, 아직은 아네요. 그이를 다시 침상에 눕게 하고 싶지는 않아요."

실제로 그녀는 그가 일터로 나가는 것을 말렸다. 그리고 밖으로 나가는 남편 주머니에 20수씩 넣어주기도 했다. 쿠포는 그것을 당연한 일로 받아들였다. 그리고 여섯 달 동안 빈둥빈둥하며 옛 친구들과 술자리에 어울렸다. 그러고는 얼큰히 취해서 집으로 돌아왔다.

제르베즈는 조금씩 우울해져갔다. 그녀는 가끔 자기가 세내려 했던 집에 가보았다. 그리고 꿈에 젖은 듯 그 집을 바라보았다. 이제 그 집을 빌린다는 것은 불가능해졌지만 전에 그렸던 꿈을 지우지는 못했다. 그녀는 다시 계산을 해보았다. 집세 250프랑, 집기들 비용 150프랑, 2주일 생활비 100프랑 등 정상적으로 가게를 열려면 최소한 500프랑이 필요했다. 그녀는 입술을 깨물었다. '그래, 4~5년 더 뼈 빠지게 일하는 거야.'

그러던 어느 날이었다. 제르베즈가 집에 혼자 있는데 구제가 들어와서는 평소와 달리 아무 말 없이 꽤 오래 앉아 있었다. 그는 담배를 피우면서 그녀를 바라보았다. 뭔가 심각한 이야기를 할 게 있는 것 같았다.

이윽고 그가 입을 열었다.

"제르베즈 부인, 제가 돈을 빌려드려도 괜찮겠습니까?"

그는 제르베즈가 가게 앞에서 황홀한 표정으로 서 있는 모습을 본 것이었다.

그녀는 단호히 거절했다.

"그러면 당신 결혼 비용은요? 절대로 당신 결혼 비용을 제가 빼앗을 수는 없어요."

그러자 그가 얼굴을 붉히며 말했다.

"아, 그건 걱정하지 마세요. 저는 결혼하지 않을 겁니다. 저는, 저는 결혼보다는…… 당신에게 돈을 빌려드리길 더 원하거든요."

둘 다 고개를 숙였다. 둘 다 어떤 말도 입 밖으로 내지는 않았지만 그들 사이에 뭔가 감미로운 기운이 감돌았다.

제르베즈는 그 제안을 받아들였다. 구제는 이미 어머니를 설득해놓았기에 어려움이 없었다. 하지만 구제 부인의 표정이 밝지는 않았다. 쿠포가 비뚤어지고 있고 머지않아 그가 가게를 먹어치울 게 뻔했기 때문이었다. 하지만 그녀는 아들의 생각을 되돌리려 하지 않았다.

제르베즈는 결국 구제에게 500프랑의 돈을 빌렸다. 매달 20프랑씩 갚되 상환 기간은 따로 정하지 않기로 했다.

자초지종을 들은 쿠포가 제르베즈에게 킬킬거리며 소리쳤다.

"이봐, 대장장이가 당신에게 추파를 던지는 거야."

제4장

77

게으름뱅이가 된 그는 착실한 구제와 사이가 멀어져 있었던 것이다. 그가 덧붙였다.

"그 자식 정말 얼빠진 놈이네. 물론 돈은 갚아야지. 하지만 우리가 사기꾼이면 어쩌려고? 한 푼도 못 건질 텐데……."

이튿날 쿠포 부부는 가게를 세냈다. 제르베즈는 뇌브가에서 구트도르가를 하루 종일 뛰어다녔다. 그녀가 다리를 절지 않고 가볍게 뛰어다니는 것을 보고 사람들은 그녀가 다리 수술을 받은 게 틀림없다고 수군거렸다.

·

제5장

　주인을 만나 계약을 하고 가게를 수리하는 데 3주일이 걸렸다. 마침내 수리가 끝나자 쿠포 가족은 즉시 이사를 했다. 새로 단장한 푸른색 세탁소 앞에서 제르베즈는 행복했다.

　가게 뒤의 살림 거처는 아주 편리했다. 쿠포 부부는 그중 첫 번째 방에서 잠을 잤으며 부엌 겸 식당으로도 사용했다. 나나의 침대는 오른쪽 방에 있었고 에티엔은 더러운 세탁물들을 쌓아놓은 왼쪽 방에서 잤다.

　가게를 처음 열었을 때는 예상보다 비용이 더 들어 미리 생각해두었던 생활비 100프랑은커녕 단돈 6프랑밖에 남지 않았다. 그러나 그녀는 하나도 걱정이 되지 않았다. 개업 첫날부터 손님이 몰려들었던 것이다. 1주일이 지났을 때 그녀는 잠자리에서 종이를 펴놓고 계산하느라 여념이 없었다. 그녀는 쿠포를 깨우고 환한 얼굴로 이렇게 계속 잘되면 수백, 수천 프랑도 쉽게 벌 수 있을 것이라고 말했다.

그녀의 가게가 잘되자 로리외 부인이 엄청나게 질투를 느꼈다. 그녀는 제르베즈의 푸른색 가게가 보이기만 해도 이를 갈며 집으로 들어갔다. 저 보잘것없는 화냥년이 저런 가게라니! 성실한 사람들 기를 꺾어놓는 짓 아니야? 그녀는 만나는 사람마다 떠들고 다녔다. "흥, 그 잘난 가게 차릴 돈이 어디서 나왔는지 나는 다 알지! 바로 대장장이에게서 받은 거잖아."

그녀는 구제와 제르베즈가 잠자리를 했다고 공공연히 떠들고 다녔다. 심지어 어느 날 외곽 벤치에 둘이 다정하게 앉아 있는 것을 보았다고 거짓말도 했다. 그녀는 제르베즈 같은 다리병신이 남자들에게 사랑받는 것을 보고 울화가 치밀었다.

'도대체, 저 다리병신에게 뭐가 있기에 사내들이 사족을 못 쓰는 걸까?'

하지만 제르베즈는 끄덕도 하지 않았다. 시누이가 아무리 험담을 해도 그녀는 틈틈이 가게 문간에 나와서 지나가는 사람들에게 미소로 인사를 나누었다. 한길에서 그렇게 당당하게 웃음 짓고 있는 자기 자신이 자랑스러웠다. 마치 구트도르 전체가 자기의 것이 된 것 같았다.

동네 사람들도 제르베즈가 상냥한 여자라며 그녀를 좋아했다. 물론 그녀를 험담하는 사람들도 있었다. 하지만 그녀가 커다란 눈과 아주 작은 예쁜 입, 새하얀 치아를 가지고 있다는 것은 아무도 부정하지 않았다. 그녀는 예쁜 금발 머리 여자였고 다리만 절지 않았다면 흠잡을 데 없는 미인이라는 것을 누구나 인정했다.

이제 스물여덟 살이 된 그녀는 제법 통통하게 살이 붙었고 동작도 여유가 있어졌다. 이제 그녀는 음식을 즐기는 식도락가가 되었다. 모두들 그렇게 말했다. 하지만 그녀 스스로 생각해도 그것은 결점이 아니었다. 맛있는 걸 사 먹을 만한 돈이 있는데 감자 껍질이나 씹고 있는 건 바보 같은 짓이라고 생각했다.

일이 많을 때 그녀는 덧문을 닫은 채 며칠 밤을 새우면서 열심히 일했다. 가게는 날로 번창했다. 건물의 거의 모든 사람들이 그녀의 고객이었고 심지어 파리 귀부인들까지 그녀에게 세탁물을 맡겼다. 보름이 지나면서부터 그녀는 일꾼 두 명을 고용하지 않을 수 없게 되었다. 퓌투아 부인과 이전에 이 건물 7층에 살던 키다리 클레망스가 바로 그들이었으며 사팔뜨기 견습공 오귀스틴까지 합치면 이제 이 가게 일꾼은 세 명이나 되었다.

그녀가 1주일 동안 열심히 일하고 월요일에 좀 챙겨 먹는 건 당연한 일이었다. 게다가 그건 필요한 일이기도 했다. 그런 욕망과 보람이 없었다면 일을 하는 게 신이 날 수 없었다. 이제 제르베즈는 이전 그 어느 때보다 너그럽고 부드럽고 선량한 사람이 되었다.

쿠포도 드디어 일을 나가기 시작했다. 작업장이 파리의 다른 쪽 끝에 있었기에 제르베즈는 점심 식사, 술, 담배 값으로 40수를 그에게 주었다. 하지만 그는 1주일에 이틀은 일터로 가는 대신 술집으로 갔다. 그는 친구들과 함께 술값으로 돈을 탕진한 다음 점심때쯤 집으로 돌아와서 거짓말을 했다. 한 번은 친구들과 진탕 술을 마신 다음 40수로는 부족해서 술집에 남아 아내에게 계산서를 보내기도 했다.

하지만 제르베즈는 어깨를 으쓱하며, 남자가 좀 놀 수도 있지, 남자를 너무 얽매어 놓으면 가정이 평화롭지 못할 거야, 공연히 싸움을 할 필요도 없어, 모든 걸 이해해줘야 해, 아직 다리가 아프니까 남들에게 흠 잡히기 싫어서 끌려다니는 거지, 라고 생각했다. 게다가 쿠포는 술주정도 없었다. 취해서 집으로 돌아와서도 두 시간만 자고 나면 말짱해졌다.

그러는 가운데 날씨가 더워졌다. 제르베즈가 세탁물들의 악취에 둘러싸인 채, 세탁부들과 땀을 뻘뻘 흘리며 일을 하고 있는데 쿠포가 들어섰다. 그는 중얼거렸다.

"제길, 무슨 놈의 날씨가 이래. 머리까지 불타버리겠어!"

그는 만취 상태였다. 그가 이렇게 취한 적은 없었다.

그가 제르베즈에게 혀 꼬부라진 목소리로 말했다.

"염병할 놈의 땡볕만 아니라면 이렇게 취하진 않았을 텐데……. 정말이야. 거리에서 행인들도 죽겠다고 난리야. 다 쓰러져버렸다니까……."

제르베즈가 그를 비난하지도 않고 너그럽게 웃으며 말했다.

"아유, 말도 안 되는 소리를 늘어놓으시네. 자, 그만 들어가서 자요. 당신이 보다시피 우리는 무척 바쁘답니다."

제르베즈는 클레망스를 불러서 세탁물을 세라고 하고 자신은 장부에 기록했다. 제르베즈는 어느 것이 누구 세탁물인지 한눈에 알아볼 수 있었다.

쿠포는 방으로 들어가지 않고 아내가 일하는 모습을 가만히 바라보고 있었다. 그런데 갑자기 몸이 후끈 달아올랐다. 그가 두 팔을 벌리고 제르베즈에게 다가가며 말했다.

"당신, 정말 괜찮은 여자야. 자, 이리 와봐. 키스해줄게."

그는 비틀거리며 제르베즈에게 다가가다가 빨래 더미에 걸려 넘어졌다. 제르베즈가 그를 안아 일으키자 사람들이 보는 앞에서 그녀의 가슴을 움켜쥐었다. 제르베즈는 말로는 왜 이래요, 라고 하면서도 싫지 않은 표정이었다. 그들은 불결한 세탁물 더미 한복판에서 진한 입맞춤을 했다. 그것이야말로 서서히 몰락해 가는 그들의 삶을 상징적으로 보여준 장면이었다.

쿠포는 과음을 한 다음 날이면 온종일 입맛이 쓰고 머리가 아팠다. 그는 8시가 되어서야 잠에서 깨어 기지개를 켰다. 그리고 일터로 나가지 않고 하루를 공쳤다. 그가 가게에서 얼씬거리는 게 귀찮아서 제르베즈는 그에게 20수를 주고 밖으로 내쫓았다. 그러면 그는 구트도르가의 프랑수아 주점에 가서 그 돈을 몽땅 술값으로 써버렸다. 그리고 술에 취해 집으로 오면 제르베즈에게 "당신 애인 왔었어?"라고 주정을 부렸다. 애인이란 물론 구제를 말하는 것이었다.

구제는 공연히 방해가 될 것 같아 세탁소에 자주 오지 않았다. 그렇지만 그는 적당한 구실을 찾아 가끔 세탁소로 왔다. 그는 자신의 세탁물을 가져오기도 했고 가끔 가게를 흘끔거리며 보도 위를 오가기도 했다. 가게에 오면 그는 가게 안쪽 구석에서 파이프를 피우며 몇 시간이고 앉아 있곤 했다. 그는 거의 말을 하지 않았다. 다만 제르베즈가 하는 말에 웃음을 지을 뿐이었다.

구제는 에티엔이 가끔 쿠포에게 발길질을 당하는 것을 알고, 에티엔에게 자기가 일하는 볼트 공장에서 풀무질 하는 일자리를 찾아주었다. 구제의 일은 하루 종일 쇠망치를 두드리는 힘든 일이었지만 하루에 10프랑에서 12프랑을 벌 수 있는 괜찮은 직업이기도 했다. 에티엔은 세탁부와 대장장이를 잇는 연결 고리 역할을 했다. 대장장이는 꼬마를 집으로 데려다주며 에티엔이 일을 잘한다고 말해주었다.

사람들이 구제가 제르베즈를 좋아한다고 그녀에게 말해주었고 그러면 그녀는 너무 부끄러워서 얼굴이 빨개졌다. 그는 결코 그녀를 좋아한다는 말을 입 밖에 내지 않았지만 그녀도 그 사실을 잘 알고 있었다. 그녀는 마치 성처녀처럼 사랑받고 있다는 것이 기뻤다. 무엇이고 큰 근심거리가 생기면 그녀는 구제를 떠올렸고 그러면 근심이 가라앉았다. 그들은 서로의 마음속 생각을 이야기하는 법 없이 조용히 서로의 얼굴만 바라보았다.

그렇게 3년이 흘렀다. 그사이 제르베즈와 보슈 부인, 제르베즈와 로리외 부부 사이에 불화가 생겼다.

어느 날 동네의 유명한 말썽꾸러기가 된 나나가 또래들과 함께 보슈 부인의 나막신을 훔쳐서 끈으로 묶은 다음 마차처럼 끌고 다녔다. 그것을 본 보슈 부인이 나나를 마구 때렸다. 그 광경을 수돗가에 있던 제르베즈가 보고 달려왔다.

"아이를 그렇게 인정머리 없이 때리면 어떻게 해?"

보슈 부인이 대꾸했다.

"저런 망나니 같은 년은 자물쇠를 채워 어디 좀 가둬둬야 하는 거 아냐?"

그 사건으로 두 집안 사이는 완전히 틀어졌다.

한편 제르베즈와 로리외 부부는 쿠포의 어머니 문제로 틀어졌다. 예순일곱이 된 노파는 시력을 완전히 잃고 다리도 온전치 않았다. 파출부 일도 그만두었고 누군가 도와주지 않으면 굶어 죽을 판이었다.

제르베즈는 그 일을 의논하기 위해 로리외 부부의 집으로 쳐들어갔다가 그들의 냉정한 태도에 화가 나서 대판 싸우고 말았다. 결국 시어머니는 제르베즈가 모시게 되었다. 쿠포 할멈의 침대를 나나가 자는 큰방에 들여놓았다. 할멈이 가진 가구라야 침대와 장롱 하나, 탁자 하나와 의자 둘뿐이었기에 이사는 간단했다. 할멈은 이사 온 그날부터 스스로 빗자루를 들고 청소를 하는 등 가게에 도움이 되는 일을 했다.

하지만 동네 사람들은 대개 제르베즈를 좋아했다. 빵가게 주인도, 푸줏간 주인도, 식료품 가게 주인도 그녀가 셈이 정확하고, 불평도 하지 않는 단골이라고 생각했다. 그녀가 거리를 걸어가면 모두가 그녀에게 인사를 했다. 그녀는 마치 자기 집 안에 있는 것처럼 마음이 편했고, 자기 집이 구트도르 거리 전체로 뻗어나간 것처럼 느껴지기도 했다.

제5장

제6장

어느 가을날 해 질 무렵 제르베즈의 발걸음은 철공소를 향하고 있었다. 단골손님 집에 세탁물을 전해주고 오다가 문득, 쇠붙이 일을 구경하고 싶으면 한번 와보라는 구제의 말이 생각났던 것이다. '에티엔을 보러 온 것처럼 하면 자연스러울 거야.'

제르베즈는 전에 구제가 알려준 길을 떠올리며 어렵사리 철공소를 찾아갔다. 공장에 도착한 그녀는 길을 지나가는 직공 한 명에게 에티엔을 만나러 왔다고 말했다.

"에티엔? 에티엔이 누군지 모르겠소."

제르베즈는 할 수 없이 구제의 이름을 댔다.

"아, 구제 말이오? 황금 주둥이 말이로군. 자, 안으로 들어가요."

그러더니 그는 몸을 돌리고 큰 소리로 외쳤다.

"어이! 황금 주둥이! 여자가 찾아왔네!"

그러나 그 소리는 요란한 쇳소리에 묻혀버렸다. 제르베즈는 안으로 걸어 들어갔다. 어두운 곳을 지나자 갑자기 주위가 환해졌다. 굉장히 넓은 작업장이 나타난 것이다. 제르베즈의 눈에 멋진 노란색 구레나룻의 구제의 모습이 보였다. 에티엔은 풀무질을 하고 있었고 다른 두 명의 직공도 그곳에 있었다. 하지만 그녀의 눈에는 구제만 보였다. 그녀가 앞으로 걸어가 구제 앞에 섰다.

그녀를 본 구제가 깜짝 놀랐다.

"아니, 제르베즈 부인, 어쩐 일이십니까? 깜짝 놀랐습니다."

하지만 그는 곧 주변에 있는 동료들을 의식하고 말을 이었다.

"아이를 보러 오셨군요. 아주 일을 잘해요. 이제 힘도 제법 붙기 시작했고……."

대장장이는 이 희미한 조명 속에서 너무도 싱싱하게 빛나는 젊은 여자를 황홀하게 바라보았다.

"제르베즈 부인, 제가 끝내야 할 일이 좀 있으니 잠시 기다리시겠습니까?"

구제는 하던 일을 계속했다. 에티엔이 다시 풀무에 매달렸다. 꼬마는 엄마에게 자기 힘을 과시하기 위해 볼을 부풀리며 힘껏 바람을 집어넣었다. 구제는 발갛게 달아오른 작은 쇠막대기를 지켜보며 집게를 들고 기다렸다. 소매를 걷어붙이고 옷깃을 열어 젖혀 놓았기에 벌거벗은 팔과 가슴이 그대로 드러나 있었다. 그는 쇠막대기가 달구어지자 그것들을 집게로 집어 받침 위에 올려놓고 조각을 냈다. 그리고 그 조각들로 굵은 리벳을 만들었다. 너무나 뛰어난 솜씨였다.

그는 곁에서 제르베즈가 바라보고 있자 더욱 힘을 내서 규칙적으로 쇠망치를 내리쳤다. 머리카락이 이마로 흘러내렸고 그의 얼굴은 화덕의 불빛을 받아 황금색으로 빛났다. 단단한 근육과 늠름한 골격, 넓은 가슴, 한 치의 오차도 없이 쇠망치를 규칙적으로 내리치는 그의 모습은 마치 주변을 밝히는 신과도 같았다. 제르베즈는 얼굴을 빛내며 그가 일하는 모습을 바라보았다. 그도 행복했고 그녀도 행복했다.

그는 하루에 300개씩 리벳을 만들었다. 그가 만든 리벳들은 머리가 매끈하고 상처 하나 없어서 마치 보석 세공인이 거푸집에서 만들어낸 구슬 같았다. 작업이 끝나자 그가 제르베즈와 함께 밖으로 나왔다. 그러나 둘은 아무 말도 없었다. 도무지 무슨 말을 해야 할지 몰랐다. 그가 제르베즈에게 아직 작업 종료 시각까지 30분 정도 남았으니 공장을 한번 둘러보자고 했다.

목로주점

그는 그녀를 오른쪽에 있는 다른 창고로 안내했는데 그곳에는 최신 기계 설비가 갖추어져 있었다. 구제는 자동 리벳 제조기 앞에서 걸음을 멈추었다. 기계는 여유만만하게 40밀리미터짜리 리벳을 만들어 토해내고 있었다. 공정이 너무나 간단했다. 화부가 쇳조각 하나를 화로에 넣었고 그것이 달구어지면 주조공이 그것을 꺼내어 못 제조 틀에 집어넣는 것으로 그만이었다. 이 엄청난 기계는 열두 시간 만에 몇백 킬로그램의 볼트를 만들었다.

　　구제는 절대로 심술쟁이가 아니었지만 자신의 두 팔보다 힘이 센 이 무쇠 덩어리 앞에서는 울화통이 치솟았다. 인간의 육체가 강철을 이길 수 없다는 사실에 그는 슬픔을 느꼈다. 틀림없이 언젠가 기계가 사람을 죽이리라. 이미 급료가 일당 12프랑에서 9프랑으로 떨어졌고 더 떨어지리라는 소문이 돌고 있었다. 리벳과 볼트를 마치 소시지를 만들 듯이 쉽게 만들어내는 이 기계가 대장장이의 마음에 들 리가 없었다. 그는 옆에 있는 제르베즈를 바라보더니 서글픈 미소를 띠고 말했다.

　　"큰일입니다. 언젠가는 이놈이 우리를 쫓아낼 테니…… 하지만 나중에 모든 사람들을 행복하게 만들어줄지도 모르지요."

　　그러자 제르베즈가 당치않은 소리라는 듯 외쳤다.

"여러 사람들을 행복하게 해준다고요? 저는 당신 것이 훨씬 좋아요. 당신 손길은 진짜 예술가의 손길이에요."

그녀의 말에 그는 행복을 느꼈다.

제르베즈는 매주 토요일이면 구제의 집으로 세탁물을 가져다주었다. 그들은 여전히 뇌브 드 라 구트도르 거리의 옛집에서 살았다. 첫해에 제르베즈는 매달 20프랑씩 빚을 갚아서 빌린 돈 500프랑의 절반 정도를 갚을 수 있었다.

그러던 어느 날 집세 낼 날이 되었는데 손님들이 세탁비를 제때 주지 않아 구제 모자에게 달려가 집세를 빌렸다. 이어서 세탁부들에게 급료를 주기 위해 두 번 더 돈을 빌렸고 빚은 425프랑으로 늘어났다. 이후 그녀는 단 한 푼도 돈으로 빚을 갚지 못했고 오직 그 집에서 받을 세탁비로만 빚을 까나갔다.

그녀가 일을 게을리해서도 아니었고, 손님이 줄었기 때문도 아니었다. 오히려 그녀는 부지런히 일을 했고 손님들도 여전히 많았다. 그러나 그녀는 절약하지 않았다. 어딘가 돈이 빠져나가는 구멍이 생긴 것 같았고 돈이 녹아 없어지는 것 같았다. 그러나 그녀는 그것으로 만족했다. '수지만 맞으면 되잖아. 그럼! 먹고 살 수 있다는 게 얼만데. 돈이 안 모인다고 불평할 것도 없어.'

그녀는 점차 살이 쪘고 이런저런 유혹에 굴복한 채, 더 이상 미래를 염려하지 않았다. 말하자면 무사태평이 된 것이었다. '할 수 없지 뭐야. 돈이란 돌고 돌게 돼 있잖아. 쌓아두면 녹이 슬 뿐이야.'

제르베즈를 딸처럼 생각하는 구제 부인은 그녀를 가끔 나무랐다. 돈 때문이 아니었다. 제르베즈를 좋아했기에 그녀가 실패할까봐 걱정되었기 때문이었다. 구제 부인은 결코 돈 문제를 입 밖에 꺼내지 않았다. 그녀는 오로지 빚을 갚게 해주겠다는 마음으로 제르베즈에게 세탁물을 열심히 맡겼다.

그러던 어느 날이었다. 제르베즈는 구제 모자의 집 계단을 내려오다가 뜻밖의 인물과 마주쳤다. 키 큰 여자 한 명이 고등어를 종이에 싸서 들고 올라오고 있었다. 제르베즈는 난간 옆으로 비켜섰다. 순간 세탁부는 그녀가 누구인지 금세 알아보았다. 지난날 세탁장에서 볼기에 방망이질을 해댔던 비르지니였다. 비르지니도 제르베즈를 알아보았다. 제르베즈는 고등어가 얼굴로 날아오리라 생각하고 두 눈을 꼭 감았다. 그러나 비르지니는 고등어를 던지기는커녕 부드러운 웃음을 짓고 있었다. 그 모습을 보고 제르베즈가 먼저 사과했다.

"지난번 일은 정말 미안했어요."

"괜찮아요. 다 이해해요."

두 여자는 계단에 서서 단번에 화해했고 지난번 세탁장 일은 건드리지 않은 채 이야기를 나누었다. 비르지니는 이전 제르베즈가 살던 집에서 살고 있었다. 이제 스물아홉이 된 그녀는 균형 잡힌 몸매의 멋진 숙녀가 되어 있었다. 하지만 얼굴은 여전히 길쭉했다. 그녀는 결혼한 몸이었다. 비르지니는 지난봄에 고급 가구 세공 일을 하던 사람과 결혼했다고 했다. 그녀는 남편이 순경 자리를 알아보고 있다고 말했다.

그녀들은 서로를 '쿠포 부인' '푸아송 부인'이라고 불렀다. 이전에는 떳떳하지 못한 처지에서 만났지만 이제는 어엿한 주부가 되었다는 것을 과시하기 위해서였다. 하지만 제르베즈는 내심 경계하고 있었다. '이 갈색 머리 키다리가 볼기 맞은 일을 그렇게 쉽게 잊을 리 없어. 뭔가 복수를 하려고 꿍꿍이가 있을 거야. 그걸 감추려고 이렇게 살가운 체하는 건지도 몰라.'

비르지니가 제르베즈에게 자기 집으로 한번 올라가 보자고 말했다. 남편을 소개해주겠다는 것이었다. 제르베즈는 그녀를 따라 자기가 살던 옛집으로 들어섰다.

집으로 들어가니 비르지니의 남편 푸아송이 창가의 탁자에 앉아 조그마한 상자를 만들고 있었다. 얼굴이 흙빛이고 붉은 콧수염에 황제 수염을 하고 있는 서른다섯 살의 남자였다. 그는 하루도 쉬지 않고 하루 종일 가로 8센티미터, 세로 6센티미터의 상자를 만들었다. 그는 그 상자를 상감으로 세공하기도 했고 여러 칸으로 나누기도 했다. 그는 순경으로 임명될 때까지 시간을 때우기 위해 그 일을 하고 있었다. 옛 직업이 남겨준 그의 유일한 취미였다. 그는 그 상자를 팔지 않고 아는 사람들에게 선물로 주었다.

이후 비르지니는 제르베즈의 가게 앞을 지날 때면 반드시 안으로 들어왔다. 둘은 아주 다정한 사이가 되었다. 하지만 제르베즈는 그녀를 만나는 게 약간은 불편했다. 그녀의 입에서 랑티에와 아델 이야기가 나올까봐 두려웠던 것이다. 제르베즈는 그들 소식이 하나도 궁금하지 않았다. 그래서 비르지니에게 한마디도 묻지 않았다. 하지만 이상하게도 비르지니를 만나면 그녀의 의지와는 달리 그들 생각이 뇌리에서 사라지지 않았다.

그러는 가운데 겨울이 왔다. 쿠포 부부가 구트도르 거리에서 보내는 네 번째 겨울이었다. 유난히 추운 겨울이었다. 돌이 얼어서 쪼개질 지경이었다. 하지만 세탁부들에게는 가장 멋진 계절이기도 했다. 가게 안이 얼마나 따뜻한지! 너무나 안락하고 따뜻해서 잠이 올 지경이었다.

그러던 어느 날, 모두 차를 마시며 쉬고 있을 때 비르지니가 들어섰다.

커피를 마시며 이런저런 이야기를 나누다가 화제가 여자들 싸움 이야기로 번졌다. 제르베즈는 여자들 싸움 이야기만 나오면 옛날 세탁장에서 비르지니의 볼기를 때렸던 기억이 떠올라서 마음이 편치 못했다. 비르지니가 제르베즈의 마음을 읽은 듯 말했다.

"쿠포 부인, 난 정말 당신을 원망하지 않아요. 세탁장 사건……, 기억나요?"

여주인은 난처하기 그지없었다. 그녀가 걱정하던 바로 그 문제, 그러니까 랑티에와 아델 이야기가 나올까봐 노심초사했다. 결국 비르지니가 그 이야기를 꺼냈다.

"지금까지 얼마나 혀끝에 맴돌았는지 몰라요. 이왕 이렇게 된 거……. 사실 당신은 그럴 만도 했어요. 그들이 당신에게 끔찍한 짓을 했으니까……. 나라면 칼이라도 휘둘렀을 거야."

그녀는 커피로 입을 축이더니 말을 이었다.

"그러니 행복해질 리가 있나. 멀리 글라시에르 쪽 더러운 곳에서 살았지요. 그런데 함께 산 지 이틀 후부터 서로 따귀를 때리고 싸우는 거야. 아델은 내 동생이지만 정말 못된 년이거든……. 랑티에, 그 사람도 정말 나쁜 사람이지요. 정말 온 동네가 떠들썩할 정도로 무섭게 싸웠어요. 이제 그들은 헤어졌어요."

그런 후 비르지니는 "어머, 너무 오래 수다를 떨었네"라고 호들갑을 떨며 밖으로 나갔다.

오후는 늘 그런 식으로 흘러갔다. 가게는 추위에 떠는 동네 사람들의 휴식처가 되었다. 수다스러운 사람들이 끊임없이 가게로 모여들었고 다리미 가열기 앞에서 불을 쬐었다. 제르베즈 자신도 밖에서 추위에 오들오들 떨고 있는 사람들을 보면 당장에 집 안으로 불러들였다. 그녀는 그렇게 마음이 넉넉했고 베풀기를 좋아했다. 이제 세탁소는 일종의 살롱이 된 것이었다.

그녀는 특히 같은 건물 다락방에서 굶주림과 추위에 떨고 있는 일흔 살의 옛 칠장이 노인 브뤼 영감을 측은하게 여겼다. 크리미아 전쟁에서 세 아들을 잃은 노인은 2년 전부터 더 이상 붓을 잡을 수 없게 되자 겨우겨우 목숨만 부지하며 살아가고 있었다. 영감이 길을 가는 모습이 보이기만 하면 그녀는 그를 안으로 데려와 불을 쬐게 하고 가끔 빵을 억지로 먹게 했다.

그 무렵 비르지니는 제르베즈에게 자주 랑티에 이야기를 했다. 제르베즈가 당혹해하는 모습이 즐거웠던 모양이었다. 제르베즈는 그녀 입에서 랑티에라는 이름이 나올 때마다 명치끝이 타들어가는 느낌이었다. 물론 그녀는 스스로 성실하고 정숙하다고 믿고 있었다. 마음속으로도 남편에게 부끄러운 생각은 전혀 품지 않았다. 그녀가 괴로운 것은 랑티에라는 이름이 비르지니의 입에서 나올 때마다 구제의 얼굴이 떠올랐기 때문이었다.

비르지니의 입에서 랑티에의 이름이 나오고, 그 이름 때문에 마음이 울렁거릴 때마다, 그녀에게는 동시에 구제의 얼굴이 떠오르며 가슴이 미어지는 듯한 기분에 젖었다. 마음속으로 랑티에를 조금이라도 떠올리는 것이야말로, 그 남자에 대한 배신으로 여겨졌기 때문이었다. 아직 서로 고백하지는 않았지만 부드러운 우정과 같은 그들의 사랑에 대한 배신으로 여겨졌기 때문이었다. 그런 착한 남자에게 죄를 짓고 있다는 생각이 들면 그녀는 하루 종일 우울했다. 부부 관계 외에 진정한 애정을 갖고 싶은 대상이 있었다면 그것은 오로지 구제뿐이었다.

봄이 오자 그녀는 그 우울함에서 벗어나려고 구제에게 자주 피난을 갔다. 가게에 혼자 앉아 있으면 자꾸 옛 애인의 얼굴이 떠올라 거기에서 벗어나기 위해서였다. 그러나 제르베즈는 랑티에를 그리워한 것이 아니었다. 어느 날 느닷없이 그가 다시 나타날까봐 두려웠다. 그리고 다시 옛날처럼 그녀의 귓불에 키스를 할까봐 두려웠다. 그렇다. 그녀는 그 키스가 두려웠다. 그가 갑자기 그녀의 허리를 휘감을까봐 두려웠다. 그녀는 그 두려움에서 벗어나려고 구제에게 피난을 갔던 것이었다. 그녀는 헤라클레스처럼 기운 센 그의 노동을 곁에서 바라보며 그가 자신을 보호해준다고 생각했다. 그의 곁에 있으면 마음이 가라앉았고 미소를 되찾을 수도 있었다. 구제의 우렁찬 망치 소리가 그녀의 악몽을 멀리 쫓아버렸던 것이다.

구제 곁에 금요일마다 가게 되면서 차츰 랑티에에 대한 두려움도 잦아들었고, 그녀는 다시 차분한 생활을 되찾았다. 돌이킬 수 없을 정도로 타락해 가는 쿠포만 아니었다면 이 시기의 제르베즈는 정말 행복했을 것이다.

어느 날 대장간에서 돌아오는 길에 그녀는 콜롱브 영감의 목로주점에서 친구들과 함께 독한 압생트를 입에 털어 넣고 있는 쿠포의 모습을 보았다. '뭐야, 증류주는 안 마시고 포도주만 마신다더니! 이제 증류주까지 마시고 있잖아!' 증류주에 대한 공포가 그녀를 사로잡았다. 포도주라면 봐줄 만했다. 적당히 마시면 노동자들의 몸에 좋을 수도 있었다. 하지만 압생트라니! 그 술은 해롭기 짝이 없었으며 노동자들에게서 일할 의욕조차 빼앗아가는 술이었다.

제6장

99

'원, 참! 정부는 이런 더러운 술을 만드는 걸 막지 않고 뭐하는 거야!'

그녀는 두려움에 몸을 떨며 집으로 갔다. 잠시 후 쿠포가 고주망태가 되어 집으로 돌아왔다. 그는 술에 취하면 얌전히 잠에 빠져드는 이전의 남편이 아니었다. 그녀가 그를 침대로 데려다 재우려 했다. 그러나 그는 그녀를 떠다밀더니, 혼자 비틀비틀 침대로 걸어가며 그녀를 향해 주먹을 쳐들었다. 한 대 칠 기세였다. 그는 이제 점점 아내를 구타하는 주정뱅이가 되어가고 있었다. 그러자 그녀의 온몸이 오싹해졌다. 다시는 행복해질 수 없으리라는 절망적 예감에 빠진 그녀의 머리에 남편, 구제, 랑티에의 얼굴이 번갈아 떠올랐다.

제7장

제르베즈의 생일은 6월 19일이었다. 이제 쿠포 집안의 누군가가 생일을 맞으면 큰 잔치가 벌어졌다. 손님들은 모두 진수성찬으로 실컷 1주일 치 배를 채운 후에 공처럼 빵빵해진 배를 어루만지며 그 집에서 나왔다. 돈이란 돈은 모조리 잔치에 탕진했다. 집 안에 단 몇 푼이라도 있으면 다 먹어치웠다.

비르지니는 옆에서 그런 제르베즈를 칭찬하며 부추겼다. "남자가 모든 걸 다 술로 탕진해버리는데 우선 배라도 채우는 게 상책이야. 집이 술로 떠내려가는 것보다는 낫잖아? 어차피 사라질 돈인데 술집 주인 배만 불려줄 이유가 어디 있어?"

제르베즈에게는 비르지니의 그 말이 그럴 듯했다. 더 이상 동전 한 푼 모이지 않는 게 쿠포 때문이니까, 라며 그녀는 스스로를 위안했다. 그녀는 더 살이 쪘고 전보다 더 심하게 다리를 절었다. 몸이 뚱뚱해지니 한쪽 다리가 더 짧아진 것 같았다.

그 해에는 한 달 전부터 제르베즈의 생일잔치가 사람들의 화제에 올랐다. 모두들 이번에는 무슨 음식을 먹게 될까, 생각하며 군침을 흘렸다. 제르베즈는 진짜 재미있고 기발하게 생일잔치를 벌이고 싶었다. 날이면 날마다 잔치가 있는 건 아니니까.

그녀가 가장 신경 쓰는 일은 잔치에 누구를 초대할 것인가 하는 문제였다. 그녀는 딱 열두 명만 식탁에 앉히고 싶었다. 자기 자신과 남편, 시어머니, 시누이인 르라 부인만 해도 벌써 네 명이었다. 구제 모자와 푸아송 부부까지 초대하면 모두 여덟이 된다. 그녀는 가게에서 일하는 퓌투아 부인과 클레망스도 초대하기로 했다. 그녀는 큰마음 먹고 시누이인 로리외 부부도 초대하기로 했다. '당연한 일이야, 가족끼리 언제까지나 사이가 나쁠 수는 없잖아.' 그녀는 그들과 화해하기로 했다. 그러자 보슈 부인이 상냥한 미소를 띠며 그녀에게 화해를 청했다. 그들을 외면할 수는 없었다. '어쩌지! 애들을 빼고도 열네 명이나 되네.' 그런 큰 잔치는 벌여본 적이 없었다. 그녀는 걱정이 되면서도 자랑스러웠다.

생일은 월요일이었다. 다행이었다. 일요일 하루 종일 음식을 준비할 수 있었기 때문이었다. 토요일에 제르베즈는 가게 일을 대충 마무리하고 사람들과 무슨 음식을 준비할 것인지 의논했다. 하지만 3주 전부터 정해진 음식이 있었다. 그것은 살진 거위 구이였다. 제르베즈는 거대한 거위를 이미 사두었다. 이어서 포토프, 포타주, 송아지 스튜, 감자를 곁들인 돼지고기 등의 음식을 준비하기로 했다.

그들이 머리를 맞대고 음식 메뉴 정하기에 여념이 없을 때 비르지니가 세탁소로 뛰어 들어오더니 숨을 헐떡이며 제르베즈의 귀에 대고 소곤거렸다.

"이봐요. 내가 알려줘야만 할 것 같아……. 글쎄, 길모퉁이에서 누구를 만났는지 알아요? 맙소사. 랑티에예요, 랑티에. 어슬렁거리면서 뭔가 엿보고 있지 뭐예요. 그래서 당신에게 알려주려고 이렇게 달려온 거예요."

제르베즈의 얼굴이 하얗게 질렸다. '도대체 그 불한당이 왜 나타난 거지? 하필이면 잔치를 준비하고 있는 이때 말이야.'

제르베즈의 표정을 살핀 비르지니가 말했다.

"괜찮아요! 만일 랑티에가 자꾸 귀찮게 쫓아다니면 순경을 불러 감옥에 넣으면 돼요!"

한 달 전부터 남편이 순경이 된 그녀는 우쭐해서 너 나 할 것

없이 감옥에 처넣겠다고 큰소리를 치고 다녔다.

제르베즈는 남들 눈도 있고 해서 다시 침착한 목소리로 시어머니와 퓌투아 부인, 클레망스에게 말했다.

"야채도 필요하겠지?"

그러자 비르지니가 거들었다.

"나는 비곗살을 곁들인 완두콩이면 되는데……."

모두들 찬성했고 드디어 메뉴가 결정되었다.

일요일 내내 제르베즈는 쿠포 부인과 음식을 만들었다.

마침내 고대하던 월요일이 되었다. 열네 명을 초대했으니 무슨 수를 써서라도 손님들이 앉을 자리를 마련해야 했다. 제르베즈는 가게에 식탁을 차리기로 했다. 그러기 위해 세탁물을 치우고 작업대를 옮겼다.

이런저런 물건들을 부지런히 사들인 후 포도주를 사러 나가려 했을 때 제르베즈는 돈이 다 떨어진 것을 알았다. 물론 포도주야 외상으로 살 수도 있었다. 하지만 무슨 일이 벌어질지 모르는 판에 집에 돈이 한 푼도 없을 수는 없었다. 쿠포 할멈과 이렇게 저렇게 계산을 맞춰보니 적어도 20프랑의 돈은 더 필요했다. 제르베즈는 검정 실크 드레스를 접어서 보자기에 쌌다.

그리고 결혼반지도 손가락에서 뺐다. 쿠포 할멈이 전당포로 갔고 얼마 후 할멈은 25프랑을 내밀었다. 그녀는 고급 포도주 여섯 병을 더 주문하러 갔다. '이만 하면 로리외 부부의 코가 납작해지겠지.'

보름 전부터 쿠포 부부가 꿈꾸어 오던 것이 바로 그것이었다. '돈이 많으면서도 쩨쩨하기 이를 데 없는 로리외 부부의 코를 납작하게 만들어주는 거야.' 그녀는 그들과 자신이 다르다는 것을 과시하기 위해 20수가 생기면 40수가 주머니에 있는 것처럼 행동했다.

이제 세 개의 화덕에서 음식이 익어가고 있었고, 거위는 벽에 기대 놓은 오븐에서 익어가고 있었다. 거위가 너무 커서 구이용 팬에 억지로 우그려 넣어야만 했다.

이윽고 5시가 되자 손님들이 도착하기 시작했다. 먼저 두 세탁부가 나들이옷을 입고 나타났다. 바로 뒤이어 귀부인처럼 차린 비르지니가 가게로 들어왔다. 이어서 보슈 부부, 르라 부인이 도착했다. 모두들 손에 꽃을 들고 있었다.

다들 편하게 자리를 잡고 웃고 떠들었다. 바로 그때 커다란 백장미 화분을 들고 구제가 나타났다. 그는 부끄러운 듯 감히 가게로 들어오지 못했다. 제르베즈가 밖으로 나가 꽃이 너무 예쁘다며 그를 맞았다. 구제는 어머니가 신경통이 심해 오지 못했다고 말했고 제르베즈는 너무 유감이라며 어머니 몫의 거위를 꼭 챙겨드리겠다고 말했다.

이어서 로리외 부부가 나타났다. 그들이 자리를 잡자 모두들 포도주 잔을 들고 건배했다. 하지만 식사를 시작할 수 없었다. 쿠포의 모습이 보이지 않았던 것이다. 벌써 6시 반이었다. 모두가 배가 고팠고 요리가 탈 지경이었다.

로리외 부인이 말했다.

"수프가 다 식겠어. 아예 내보내질 말았어야지."

제르베즈가 누가 근처 술집에 가서 그가 있는지 알아봐달라고 말하자 구제가 자청했다. 제르베즈도 따라나섰고 비르지니도 아직 오지 않은 자기 남편이 걱정되어 뒤를 따랐다.

그들은 콜롱브 영감의 목로주점에서 마주 서서 술을 마시고 있던 쿠포와 푸아송을 찾아냈다. 막무가내로 안 가겠다고 버티는 쿠포를 겨우 달래서 모두 술집에서 나왔다.

목로주점을 나서던 쿠포가 투덜거렸다.

"네년이 찾아다니던 게 내가 아니지……. 옛날 기둥서방이지."

그러더니 그는 갑자기 분통을 터뜨렸다. "에잇! 이 날강도 놈! 이 우라질 잡놈! 둘 중 하나는 창자가 터져서 길바닥에 쓰러져야 해! 내가 그놈을 프랑수아 술집에서 봤단 말이야!"

제르베즈의 온몸이 와들와들 떨렸다. 일행은 쿠포를 달래며 겨우 가게로 들어섰다. 모두들 자리에 앉았다. 그때 누군가 소리쳤다.

"열셋이잖아!"

구제 부인이 오지 않았기 때문에 로리외 부인 옆자리가 비어 있었던 것이다. '열셋이라니! 너무 불길한 숫자잖아.' 제르베즈는 재빨리 밖으로 나가 마침 차도를 건너고 있던 브뤼 영감을 데리고 들어왔다. 구제는 제르베즈의 착한 행동에 감동했지만, 로리외 부부는 영 못마땅한 표정이었다.

이윽고 제르베즈가 파스타를 곁들인 포타주를 내왔고 만찬이 시작되었다. 술병이 돌았고 송아지 고기에 이어 스튜가 나왔다. 동네 사람들이 엿보지 못하도록 가게 문은 닫혀 있었다.

모두가 열심히 음식물을 먹느라 말이 없었다. 샐러드 그릇이 금세 비워졌고, 송아지 고기를 더느라 모두들 정신이 없었다. 모두들 음식 맛에 감탄했다.

드디어 거위 순서가 되었다. 만찬 참석자들은 모두 의자 등받이에 몸을 기댄 채 숨을 돌리고 있었다. 서서히 땅거미가 지고 있었다. 제르베즈와 그녀의 시어머니가 옆방으로 가서 오븐에서 거위를 힘들여 꺼낸 후 식탁으로 오자 모두들 탄성을 내질렀다. 비 오듯 기름을 흘리는 거대한 황금빛 거위를 식탁 위에 올려놓자, 아무도 곧바로 달려들지 못했다. 존경에 가까운 감탄과 놀라움이 그들을 사로잡고 있었다. '대단한데!' '정말 최고야!' '저 넓적다리 좀 봐! 배는 또 어떻고!' 12파운드 반이나 나가는 거대한 거위였다.

쿠포가 나서서 거위를 자르려 하자 모두들 말렸다. 르라 부인이 상냥한 목소리로 말했다.

"그래요, 푸아송 씨. 푸아송 씨라면 잘 하실 수……."

이윽고 푸아송이 앞에 놓인 거위를 잡았다. 그리고 식칼을 잡고 마치 무슨 의식이라도 거행하는 것처럼 엄숙한 표정으로 거위를 자르기 시작했다. 그는 거위를 조각낸 후, 고기를 잘게 썰어서 쟁반 위에 가지런히 놓았다. 턱도 잠시 휴식을 취했고, 위장에도 새로운 공간이 생겼기에 사람들은 모두 거위 고기에 달려들었다. 그야말로 포크의 일제 공격이었다.

거기 모인 사람들은 족히 사흘 치는 먹어치웠다. '절름발이'를 파산시키기 위해서라면 능히 쟁반, 식탁, 가게까지도 삼켜버렸을 것이다. 포도주는 마치 센강의 강물이 식탁 위를 흐르는 것처럼 흘러 넘쳤다. 가게 한구석에 빈 포도주병들이 시체처럼 쌓였고 그 옆에 식탁의 쓰레기들이 쌓였다. 모두들 대취해 있었다. 누군가 너무 덥다고 하자 쿠포가 가게 문을 활짝 열었다. 길 가던 사람들이 이 희한한 잔치 광경을 흘끔흘끔 구경했다.

이어서 디저트가 나왔다. 모두들 자신들이 실수했음을 깨달았다. 디저트를 계산에 넣지 않고 음식을 배 안에 쑤셔 넣었던 것이다. '하지만 상관없어. 그래도 디저트를 애무해줘야지. 딸기와 케이크 때문에 배가 터지기야 하겠어. 게다가 급할 게 뭐 있어. 시간은 충분하다고. 밤새도록 먹으면 되지, 뭐.' 각자 자기 접시를 딸기와 치즈 케이크로 채웠다. 그리고 다시 포도주를 마셨다.

마침내 더 이상 아무것도 배 속에 넣을 수 없게 되었을 때 보슈가 일어나서 「사랑의 화산」이라는 노래를 불렀다.

내 이름은 블라뱅,
나는야 어여쁜 아가씨를 유혹했지…….

그가 노래를 끝내자 모두들 한 곡 더 하라고 했고, 그는 새로운 노래를 부르기 시작했다. 모두들 열광하며 후렴을 함께 불렀다. 남자들은 발뒤꿈치로 박자를 맞추었고 여자들은 나이프를 들고 유리잔을 두드렸다. 그동안 비르지니는 두 번인가 밖에 나갔다 오더니 세 번째 나갔다 와서는 제르베즈의 귀에 대고 뭔가 속삭였다.

"저기, 그 사람이 아직 프랑수아 주점에 있어요. 뭔가 안 좋은 일을 꾸미는 것 같아."

랑티에 이야기였다. 제르베즈의 표정이 심각해졌다.

보슈의 노래가 끝나자 퓌투아 부인이 일어나서 노래를 불렀다. 이어서 모두들 일어나서 한 곡씩 뽑았다. 이윽고 사람들이 일제히 브뤼 영감에게 노래를 시켰다. 노인은 황당한 표정으로 좌중을 둘러보았다. 사람들은 「다섯 모음」이란 노래를 알고 있느냐고 노인에게 물어보았다. 아주 간단한 노래였다. 노인은 기억이 나지 않았다. 모두 노인을 단념하려고 할 때 갑자기 노인이 노래가 기억난 듯 더듬거렸다.

트루 라 라, 트루 라 라,
트루 라, 트루 라, 트루 라 라.

노래의 후렴이었다. 트루 라, 트루 라 흥얼거리는 노인의 얼굴에 화색이 돌았다. 바로 그때였다. 고개를 들어 밖을 쳐다보던 비르지니가 갑자기 소리를 질렀다.

"어머……. 저기 길 건너편에 그 사람이……. 그 사람이 여길 쳐다보고 있어요."

그때 고개를 돌린 쿠포의 눈에 랑티에의 모습이 들어왔다.

"뭐야! 이건 너무 하잖아! 에잇, 더러운 놈! 내가 끝장을 내야겠어!"

그가 끔찍한 욕설을 내뱉더니 칼을 집어 들었다. 비르지니가 간신히 칼을 빼앗았다. 하지만 그가 밖으로 뛰쳐나가는 것을 막지는 못했다. 가게에서는 이제 르라 부인이 슬픈 노래를 부르고 있었고 그녀는 자신의 노래에 취해 눈물을 흘렸다.

제르베즈는 놀라 비명도 지르지 못하고 밖을 내다보고 있었다. 쿠포가 랑티에에게 달려들었고 랑티에가 살짝 비켜서자 쿠포는 도랑에 처박힐 뻔했다. 이어서 두 사내는 서로 끔찍한 욕을 해대기 시작했다. 금세라도 서로의 팔다리를 분질러버릴 것 같았다. 제르베즈는 너무 무서워서 눈을 감았다. 그런데 아무 소리도 들리지 않아 그녀는 살짝 눈을 떠보았다. 그리고 아연실색했다. 두 사내가 조용히 이야기를 나누고 있었던 것이다. 심지어 다정해 보이기까지 했다. 르라 부인은 계속 노래를 부르고 있었다.

그사이 쿠포는 랑티에와 어깨를 나란히 한 채 걷기 시작했다. 쿠포가 랑티에에게 다정하게 몇 마디 하자 랑티에는 사양하는 몸짓을 했다. 그러자 쿠포가 화를 내더니 그의 등을 떠다밀기 시작했다. 그를 가게로 데려오는 게 분명했다. 그의 목소리가 들렸다.

"자, 호의로 권하는 거라고⋯⋯. 사내끼리는 통하게 되어 있잖아."

르라 부인의 후렴이 끝났을 때 랑티에는 이미 쿠포 옆에 느긋하게 앉아 케이크 조각을 포도주에 찍어 먹고 있었다. 비르지니와 보슈 부인 외에는 그가 누구인지 아무도 몰랐다. 모두들 어리둥절해 있자 쿠포가 랑티에의 어깨를 감싸며 "친구입니다"라고 말했다.

남편이 그를 데리고 가게로 들어왔을 때 제르베즈는 두 주먹으로 머리를 움켜쥐었다. 본능적인 동작이었다. '있을 수 없는 일이야. 사방의 벽이 무너지고 모두가 그 밑에 깔릴 거야.'

그러나 아무 일도 일어나지 않았다. 벽이 무너지기는커녕 커튼 자락 하나 움직이지 않았다. 그녀는 갑자기 심드렁해졌다. 이 모든 게 자연스러운 일처럼 여겨졌다. 과식을 한 탓에 머릿속이 정리되지도 않았다. 나른한 게으름에 마비된 그녀는 귀찮은 일이나 생기지 않았으면 좋겠다고 생각했다. 그녀는 식탁 가장자리에 몸을 웅크리고 앉아 있었다. '정말이야! 걱정한들 무슨 소용이 있겠어. 어차피 다른 사람들은 관심도 없잖아. 말썽도 일어나지 않았는데.'

다시 노래판이 벌어지고 있었다. 이번에는 쿠포가 신나게 「정말 못된 개구쟁이 녀석」이라는 노래를 불렀다. 길 가던 사람들도 후렴을 다 따라 했다. 구트도르 거리 전체가 술에 취한 것 같았다. 마지막으로 고급 포도주가 나왔고 모두들 완전히 취해 버렸다.

마침내 잔치가 끝났다. 그러나 잔치가 어떻게 끝났는지 제대로 기억하는 사람은 아무도 없었다. 아마 손에 손을 잡고 식탁 주변에서 춤을 추었으리라. 로리외 부부가 격한 언쟁을 벌였던 것도 같고 아닌 것도 같았다. 결국 브뤼 영감이 집요하게 '트루 라 라, 트루 라 라'라고 노래 후렴을 반복하는 가운데 사람들은 비틀거리며 뿔뿔이 헤어졌던 것 같다. 쿠포는 여전히 노래를 불렀고 랑티에는 끝까지 남아 있었다. 제르베즈는 한순간 자기 머리 위에서 누군가의 숨결을 분명히 느꼈다. 그러나 그것이 랑티에의 숨결이었는지, 아니면 무더운 밤의 숨결이었는지는 알 수 없었다.

제8장

그 주 토요일이었다. 저녁 식사 때까지 집으로 돌아오지 않고 있던 쿠포가 밤 10시경에 랑티에를 집으로 데려왔다. 쿠포는 랑티에가 함께 지내면 지낼수록 점잖고 좋은 사람이라고 말했다. 제르베즈는 뭐라고 잔소리할 수도 없었다. 그만큼 당황스러웠던 것이다.

쿠포는 술을 내오라고 말했고 제르베즈는 말없이 코냑병과 잔을 식탁 위에 올려놓았다. 랑티에도 한쪽에 말없이 서 있었다. 쿠포는 그들 둘을 번갈아 바라보며 생각했다. '둘이 어리석은 짓을 할 리는 없어. 과거는 과거일 뿐이야. 게다가 10년 가까이 원한을 품고 살았는데, 그 틈이 메워질 리가 있어? 게다가 둘 다 성실하기 그지없는 남자와 여자인데…….'

셋은 식탁에 앉아 묵묵히 잔을 기울였다. 그제야 제르베즈는 랑티에를 찬찬히 바라볼 수 있었다. 생일잔치 날에는 술에 취해서 제대로 보지 못했다. 전보다 눈에 띄게 통통해진 몸매였다. 하지만 이목구비는 여전히 근사했다. 게다가 가느다란 콧수염을 정성 들여 다듬어서 서른다섯이란 나이를 가늠하기가 쉽지 않았다. 그는 둥근 모자를 쓰고 마치 신사처럼 회색 바지에 짙은 남색 상의를 입고 있었다. 게다가 은사슬이 주렁주렁 달린 회중시계를 차고 있었다.

그가 그만 가려고 하자 제르베즈는 슬쩍 안으로 들어가 에티엔을 데리고 나왔다. 잠을 자다 나온 에티엔은 어리둥절한 표정이었다. 쿠포가 랑티에를 가리키며 저분이 누군지 모르겠느냐고 에티엔에게 물었고 에티엔은 안다는 표시로 고개를 끄덕였다. 하지만 랑티에가 아이의 이마에 입을 맞춰주자 아이는 아버지를 쳐다보더니 갑자기 울음을 터뜨리며 자기 방으로 달아나버렸다.

그날 밤 이후로 랑티에는 구트도르가에 자주 모습을 보였다. 이제 쿠포와 제르베즈는 그가 그동안 어떻게 생활했는지 자세히 알게 되었다. 그는 한때 모자 공장을 경영했다. 그는 동업자에게 사기를 당해 공장을 접었다고 말했고 이내 다시 사업을 시작할 것이라고, 다시 사업을 시작하면 막대한 이익을 얻을 수 있을 것이며, 그때까지는 아무 일도 하지 않을 거라고 말했다. 그래도 뭔가 일을 해야 할 것 아니냐고 쿠포가 넌지시 말하면 남을 위해 등허리가 휘도록 일을 하는 바보짓은 절대 하지 않겠다고 말했다.

처음 얼마 동안, 제르베즈는 정말 혼란스러운 가운데 지낼 수밖에 없었다. 여전히 두려웠다. 무엇보다 밤에 자기 혼자 있을 때 그가 불쑥 나타나 자신을 안으려 하면 그에게 저항할 힘이 없을 것 같아 두려웠다. 그녀는 두려움 속에 온통 랑티에 생각뿐이었다.

하지만 랑티에가 점잖게 처신하는 것을 보고 그녀는 차츰 안정을 되찾았다. 심지어 그는 자기의 감정은 이미 죽었고, 이제는 오직 아들의 행복을 위해서만 살겠다고 말했다. 하지만 남프랑스에 가 있는 큰아들 클로드 이야기를 꺼낸 적은 없었다.

점차 그에 대해 안심하게 된 제르베즈는 자기 속에서 과거가 사라져가는 것을 느꼈다. 랑티에가 곁에 있으면서 오히려 봉쾨르 여관에서의 추억이 희미해졌다. 그가 늘 옆에 있었기에 이전의 그를 떠올릴 필요가 없었다. 심지어 그들의 옛 관계를 생각하면 혐오감까지 들었다. '그래, 다 끝난 일이야. 암, 끝난 일

이고 말고. 만일 그가 이상한 짓거리라도 한다면 따귀를 한 대 올려붙이고 남편에게 이를 거야.'

그렇게 겨울을 보내고 봄이 왔다. 이제 랑티에는 이 집 식구와 다름없이 되었다. 그는 친구들과 더 가까운 데서 지내고 싶다며 구트도르 거리로 이사 오겠다고 했다. 보슈 부인, 심지어 제르베즈까지 그가 원하는 집을 구하려고 백방으로 알아보았다. 하지만 그의 요구 조건이 너무 까다로웠다. 커다란 안마당이 있어야 했고, 1층이어야 했으며 온갖 편의 시설을 다 갖춘 집이라야 했다. 그런 집이 쉽게 있을 리 없었다.

랑티에는 이제 저녁마다 쿠포의 집으로 와서 그의 집이 몹시 탐난다는 표정을 지었다. "이런 집이 있다면 더 알아볼 필요도 없어." 그러고는 한마디했다.

"제길, 정말 좋은 집이야. 딱 이런 데서 지내고 싶어!"

어느 날 그의 입에서 그 소리가 또 나오자 별안간 쿠포가 소리쳤다.

"그러면 여기서 지내게, 이 친구야. 어떻게든 방법을 찾아보자고……."

그는 더러운 세탁물을 넣어 두는 방을 청소하면 괜찮은 방이 될 거라고 구체적인 방법까지 내놓았다. "에티엔은 가게 바닥에 매트리스를 깔고 자게 하면 만사 해결이지."

랑티에는 호의는 고맙지만 그럴 수 없다, 부부 침실을 지나가야 하니 부부가 오죽 불편하겠느냐며 사양했다.

그러자 쿠포가 그 방 창문 하나를 터서 출입문으로 만들면 된다, 안마당으로 드나들면 될 거 아니냐, 그렇게 되면 랑티에는 랑티에 집에서 자기네 부부는 자기네 집에서 사는 게 될 텐데 뭐가 문제냐고 말했다.

제르베즈는 몹시 당황했다. 그가 한집에 살게 되면 어쩌나 하는 불안감 때문에 당황한 것이 아니었다. 그녀는 단지 더러운 세탁물들을 어디에 두나 하는 걱정을 했을 뿐이었다. 그사이 쿠포는 자기 생각이 얼마나 훌륭한지 늘어놓았다. 이 친구가 방 값으로 매달 20프랑씩 낼 거야, 이 친구는 싼 값에 좋은 방을 얻어서 좋고, 우리는 집세 낼 때 보탬이 돼서 좋고, 누이 좋고 매부 좋은 것 아니냐, 부부 침실 침대 밑에 커다란 박스를 마련해서 거기다 세탁물을 넣어두면 될 것 아니냐, 내가 그 박스를 만들어주겠다고 입에 침을 튀기며 말했다.

6월 초순 랑티에가 이사를 왔다. 문짝을 달고 방을 청소하는 데 100프랑이 들었으며 탁자와 의자와 침대를 마련하는 데 품삯 포함 130프랑이 들었다. 일은 쿠포의 친구들이 했다. 모두 외상이었다. 제르베즈는 랑티에가 내는 20프랑의 월세가 처음에는 그 빚을 갚는 데 쓰이겠지만 나중에는 짭짤한 수입이 되리라고 생각했다.

랑티에가 집으로 들어와 살게 되자 처음에는 모든 것이 뒤죽박죽이었다. 랑티에는 자기 방 열쇠를 가지고 있었지만 대개 가게를 가로질러 자기 방으로 들어갔다. 그러나 무엇보다 골치 아픈 것은 더러운 세탁물 처리였다. 커다란 박스를 만들어주겠다던 남편이 약속을 지키지 않아, 세탁물을 여기저기 쑤셔 넣을 수밖에 없었다. 게다가 매일 밤 가게에 에티엔의 잠자리를 마련해주는 일도 보통 일이 아니었다. 세탁부들이 밤샘 일을 할 때면 아이는 멍청히 기다리다가 의자에 앉아 잠이 들기 일쑤였다.

하지만 에티엔의 일은 해결이 되었다. 구제는 자신의 옛 공장주가 지금 릴에 있는데 착실한 수습공을 찾고 있다며 에티엔을 그곳으로 보내자고 했다. 에티엔도 독립하고 싶은 마음이 간절했기에 랑티에가 그 집으로 들어온 지 보름 만에 에티엔은 릴을 향해 출발했다. 랑티에는 조금도 섭섭해하지 않았다.

이제 다시 평범한 일상이 시작되었고, 제르베즈는 모든 것에 익숙해졌다. 더러운 세탁물이 여기저기 흩어져 있는 것에도,

랑티에가 침실을 가로질러 오가는 것에도 익숙해진 것이다. 랑티에는 여전히 큰 사업을 준비하고 있다고 큰소리쳤다. 하지만 그는 보통 10시경에 일어나서 산책을 한 후 거의 하루 종일 클레망스와 농담을 하며 세탁소에서 지냈다. 벌거벗은 팔로 다림질을 하며 땀에 젖어 있는 세탁부들, 동네 여자들의 속옷이 난잡하게 널려 있는 이 구석에서 그는 게으름을 만끽했고, 쾌락을 느꼈다.

랑티에는 처음에는 밖에서 식사를 했다. 하지만 차츰차츰 쿠포 부부와 함께 식사하는 횟수가 늘어나더니 마침내 이 집에서 하숙을 하고 싶다고 말했다.

"매주 토요일마다 15프랑을 내면 되겠어?"

쿠포 부부는 받아들였고, 이제 그는 아예 집 밖으로 나가지도 않았다. 완전히 눌러앉은 것이었다. 그뿐이 아니었다. 그는 가게 일을 이리저리 참견하며 가게를 지배했고, 빵, 포도주, 고기를 사오는 가게를 모두 바꾸게 만들었으며 나중에는 온갖 집안 문제에 모두 개입했다. 로리외 부부와 담판을 벌여 그들 부부가 쿠포 할멈에게 주는 생활비를 5프랑에서 10프랑으로 올렸으며, 제르베즈와 시어머니 사이에 다툼이 생기면 둘을 억지로 포옹하게 만들었다. 한편 그는 나나의 교육을 도맡기에 이르렀다. 그는 나나에게 사교춤을 가르쳤고 은어를 가르쳤다.

그렇게 1년이 지나갔다. 마을 사람들은 랑티에가 연금을 받고 있다고 생각했다. 그게 아니라면 쿠포네 집이 어찌 그렇게 윤택한 생활을 할 수 있단 말인가! 물론 제르베즈는 여전히 돈을 벌었다. 하지만 이제는 무위도식하는 두 사람을 먹여 살려야 하는 만큼 가게 벌이만으로는 모자랐다. 랑티에는 처음 몇 달 동안은 돈을 지불했다. 하지만 곧, 머지않아 거액이 들어오면 한꺼번에 지불하겠다며 한 푼도 내지 않았다.

게다가 가게가 옛날처럼 번듯하지 않게 되자 손님들이 떠났고 세탁부들이 하루 종일 일거리 없이 빈둥거리는 날이 늘어났다. 이제 제르베즈는 빵, 고기, 포도주를 외상으로 샀다. 도처에 외상이 생겼고 하루에 3~4프랑씩 외상이 늘어났다. 랑티에의 방을 수리해준 쿠포의 동료들에게도 한 푼도 갚지 못했다.

그녀는 빚 걱정에 넋이 나가 있었다. 하지만 그녀는 여전히 가장 비싸고 좋은 물건들만 구입했고 식도락에 빠졌다. 마침내 그녀는 옴짝달싹할 수 없는 지경에 빠지고 말았다. 한여름이 되자 클레망스가 가게를 떠났다. 일거리도 없었고 급료도 받지 못했기 때문이었다.

그렇게 점차 가게가 파산의 지경에 이르렀어도 쿠포와 랑티에는 손가락 하나 까딱하지 않았다. 두 사내는 계속 가게를 들어먹었고, 가게가 기울수록 둘은 살이 피둥피둥 쪘다.

동네 사람들은 이제 제르베즈와 랑티에와의 관계가 수상하다고 수군거렸다. 하지만 제르베즈는 그런 것에는 조금도 신경 쓰지 않았다. 그녀는 랑티에에게 아무런 감정도 없었다. 쿠포 집안사람들, 특히 르라 부인은 그녀가 랑티에에게 지나치게 쌀쌀맞다고, 그렇게 길게 원한을 가질 필요가 뭐 있느냐고 말할 정도였다.

그런데 가장 나쁜 일이 벌어지고 있었다. 이제까지 제법 점잖게 처신하던 랑티에가 동네 사람들의 평판을 등에 업고 제르베즈에 대한 태도를 바꾼 것이다. 그는 가끔 제르베즈의 손을 잡았고 기회를 봐서 손깍지를 끼기도 했다. 그리고 그녀를 대담하게 빤히 쳐다보기도 했다. 그리고 그녀의 뒤를 따라 걸어가면서 치마 속으로 무릎을 집어넣기도 했고, 목덜미에 뜨거운 숨결을 불어 넣기도 했다.

그러던 어느 날 저녁이었다. 그녀와 단둘이 있게 되자 그는 뜨거운 눈으로 제르베즈를 바라보았다. 그녀는 무서워 벌벌 떨 수밖에 없었다. 그가 갑자기 그녀를 양손으로 붙잡더니 가게 안쪽 벽으로 밀어붙인 후, 그녀에게 키스를 하려 했다. 바로 그 순간 구제가 세탁소 안으로 들어섰다. 그러자 그녀가 발버둥을 치면서 빠져나왔다. 세 사람 다 아무 일도 없었다는 듯 몇 마디 말을 나누었다. 구제는 그녀가 이미 랑티에와 키스를 했다고 생각했다. 다만 자기가 갑자기 들어오는 바람에 쑥스러워서 빠져나간 것이라고 생각했다.

이튿날 제르베즈는 손수건 한 장도 다림질할 수 없었다. 비참한 마음에 발을 동동 구를 뿐이었다. 구제를 만나 모든 것을 설명해주고 싶었다.

오후가 되자 그녀는 더 이상 참지 못하고 구제의 공장을 향해 발걸음을 옮겼다. 공장 안으로 들어가기 전에 우연히 구제를 만났으면 싶었다. 5분도 지나지 않아 마치 우연인 것처럼 구제가 밖으로 나온 것을 보면 그도 그녀를 기다리고 있었음에 틀림없었다.

그들은 몽마르트르를 향해 나란히 걸어갔다. 풀밭이 나타나자 그들은 죽은 나무 밑동에 가서 앉았다. 그들 눈앞에 몽마르트르 언덕이 보였다. 하늘에는 구름 몇 점이 떠 있었을 뿐 화창한 날씨였다. 그들은 고개를 들어 드넓은 하늘을 바라보았다.

제르베즈는 어떻게 해명을 해야 할지 몰랐다. 그녀는 몹시

제8장

123

부끄러웠다. 둘 다, 상대방이 그 일에 대해 생각하고 있음을 알고 있었다. 어젯밤의 사건이 둘을 납덩이처럼 무겁게 했다. 누구도 말을 먼저 꺼내지 못했다. 견딜 수 없이 슬퍼서 제르베즈의 눈에 눈물이 고였다. 그러자 구제가 먼저 말을 꺼냈다.

"어제, 부인이 제게 너무 큰 고통을 주었습니다."

제르베즈의 얼굴이 하얗게 질렸다. 그러자 구제가 말을 이었다.

"저도 압니다. 결국 일어날 일이 일어났다는 것을……. 하지만 미리 제게 말씀을 해주셨어야……."

하지만 그는 말을 마칠 수 없었다. 제르베즈가 자리에서 벌떡 일어났던 것이다. 구제도 동네 사람들과 같은 생각을 하고 있다니…….

그녀가 두 팔을 앞으로 내밀며 말했다.

"아니에요. 정말 아니에요. 맹세할 수 있어요. 그 사람이 강제로 그러려던 거예요. 그 사람 얼굴은 제 얼굴에 닿지도 않았어요. 그 사람이 그런 짓을 한 건 처음이에요. 아아! 제 생명을 걸고…… 아이들 생명을 걸고…… 제가 가진 모든 소중한 것들을 걸고 맹세할 수 있어요."

그러나 구제는 고개를 흔들었다. 믿을 수 없었다. 그러자 제르베즈가 심각한 표정으로 다시 찬찬히 말했다.

"구제 씨, 저를 잘 아시잖아요. 저는, 저는, 절대로 거짓말쟁이가 아니에요. 정말 아니에요. 그런 일은 없었어요. 앞으로도 절대로 없을 거예요. 만일 그런 일이 생긴다면…… 저는 정말 인간쓰레기가 되는 거지요. 그렇게 되면 당신처럼 훌륭한 사람하고 우정을 나눌 자격도 없는 거예요."

그 말을 하는 그녀의 얼굴이 얼마나 아름답던지 구제는 그녀의 손을 덥석 잡아 다시 자리에 앉혔다. 그의 숨결이 편해졌고 얼굴에 미소가 떠올랐다. 그가 그녀의 손을 이렇게 잡아보는 것은 처음이었다. 둘 다 말이 없었다. 하늘에서는 하얀 구름이 백조처럼 떠돌고 있었고, 풀밭 구석에서 암염소가 부드러운 울음소리를 냈다.

제르베즈가 나지막이 말했다.

"어머니께서 저를 많이 원망하고 계실 거예요. 돈을 많이 빌리고 갚지도 않았으니……."

구제는 그녀의 입을 다물게 하려고 그녀의 손을 으스러지게 쥐고 흔들었다. 그녀의 입에서 돈 이야기가 나오는 것이 싫었던 것이다. 그는 망설이다가 마침내 더듬거리며 입을 열었다.

"저기요, 제가 오래전부터 당신께 드리고 싶던 말이 있습니다. 당신은……, 당신은 행복하지 않습니다."

제8장

125

그는 숨이 막히는 듯 잠시 말을 끊었다.

"부인, 함께 여기를 떠납시다."

그녀는 한동안 무슨 말인지 이해할 수 없었다. 이 느닷없이 나온 거친 고백에 그녀는 놀란 눈으로 그를 바라보았다.

"무슨 말씀이세요?"

"그래요, 떠납시다. 어디로든……, 괜찮다면 벨기에라도……. 거긴 내 고향이나 다름없어요. 둘이 열심히 일하면 얼마든지 잘 살 수 있어요."

그녀의 얼굴이 새빨개졌다. 그가 갑자기 끌어안고 키스를 했더라도 이렇게까지 놀라지는 않았을 것이다. '정말 보통 남자들하고는 달라. 함께 도망가자고 하다니! 그런 건 소설에서나 나오는 이야기잖아. 아니면 상류사회에서나 있을 수 있는 일이잖아.'

"아, 구제 씨…… 구제 씨……."

그녀는 무슨 말을 해야 할지 몰라 그의 이름만 중얼거렸다.

그가 다시 말했다.

"그래요, 나는 당신과 단둘이 있고 싶습니다. 다른 사람들과 함께 있으면 불편해요……. 저는 제가 사랑을 느끼는 사람이 다른 사람들과 함께 있는 걸 두고 볼 수 없어요."

그러나 그녀는 곧 마음을 가라앉히고 분별력 있게 그의 제안을 거절했다.

"구제 씨, 그건 불가능해요. 또 옳지 않은 일이에요. 전, 전 결혼한 몸이에요. 게다가 애들도 있어요. 전 잘 알아요……. 당신이 절 좋아한다는 거, 또 내가 당신을 힘들게 한다는 거……. 하지만 그런 짓을 하면 당신이나 나나 곧 후회하게 될 거예요. 저도 당신을 좋아해요. 그래서 당신이 그런 바보 같은 짓을 하게 내버려둘 수 없어요. 안 돼요. 이대로가 좋아요. 그것으로 족해요. 서로 존중하고 마음을 나누고……. 전 그것에 의지해서 벌써 몇 번이나 일어났잖아요. 우리가 서로의 자리를 지키면서 성실하게 살아가면 언젠가 보답이 있을 거예요."

그는 그녀의 말에 고개를 끄덕였다. 그는 그녀의 말에 반박할 수 없었다. 그는 갑자기 그녀를 품에 안더니 으스러져라 꼭 껴안았다. 그리고 그녀의 목덜미에 거친 입맞춤을 했다. 그런 다음 그대로 그녀를 놓아주었다. 그녀는 몸을 흔들긴 했지만 화를 내지는 않았다. 둘 다 이 작은 몸짓이 주는 기쁨에 젖어 있었다.

쿠포는 하루하루 주정뱅이가 되어갔다. 그리고 랑티에와 죽이 맞아서 흥청망청 잔치를 벌였다. 랑티에는 집에서 돈 냄새가 나면 닥치는 대로 제르베즈에게서 빌렸고, 그런 날이면 쿠포를 꼬드겨서 고급 레스토랑, 고급 술집들을 순례하며 호화판으로 먹고 마셨다. 당연히 그런 신나는 향연과 힘겨운 노동은 양립할 수 없었다. 쿠포는 이제 거의 일을 나가지 않았고, 며칠이고 친구들과 술집을 이리저리 떠돌았다. 엄청난 순례였고, 동네 모든 술집에 대한 일제 점검이었다. 아침에 마신 술이 낮에 깨면 다시 저녁에 대취하는 향연이었고, 술집의 마지막 촛불이 마지막 술잔과 함께 꺼질 때까지 이어지는 잔의 순회였다. 하지만 랑티에는 결코 꼭지가 돌도록 마시는 적이 없었다.

11월 초순경이었다. 그날도 쿠포는 술집 순례를 했다. 랑티에는 도중에 술친구들을 뇌둔 채 가게로 왔다. 쿠포는 아예 이틀 동안 집에 들어오지도 않았다. 그는 쓰레기 더미, 벤치, 공터, 개천가 등 아무 데서나 잠을 잤다. 제르베즈는 남편을 찾으려고 콜롱브 영감의 목로주점으로 갔다. 그녀는 남편이 그 술집에 다섯 번이나 나타났었다는 소식은 들을 수 있었지만 지금 어디 있는지는 알 수 없었다.

저녁이 되자 랑티에는 힘들어하는 제르베즈에게 기분 전환을 위해 콘서트 카페에 가보자고 했다. 제르베즈는 그럴 기분이 아니었지만 랑티에가 하도 간곡히 권하는 바람에 승낙하고 말았다. '남편이 이렇게 웃기는 짓을 하고 있는데, 자기 혼자 남편 걱정하면서 집 안만 지키고 있을 이유는 없잖아. 흥, 내가 집에 불이라도 지르지 못할 이유가 어디 있어.' 그만큼 그녀는 지금의 삶이 지겨워지기 시작했다.

둘은 콘서트 카페에 가서 가수의 노래를 듣고 술을 몇 잔 마신 후 11시가 넘어 집으로 돌아왔다. 그들이 집으로 들어갔을 때 랑티에가 코를 움켜쥐고 말했다.

"어휴, 냄새. 도대체 무슨 짓을 한 거야."

온 집 안에 악취가 진동하고 있었다. 완전히 돼지우리 냄새였다. 불을 켜려고 성냥을 찾던 제르베즈의 발밑이 미끈거렸다. 겨우 양초에 불을 붙이자 정말로 어이없는 광경이 눈앞에 펼쳐져 있었다. 사방이 쿠포의 토사물 천지였다. 침대도 카펫도 오물투성이였고 서랍장에도 오물이 튀어 있었다. 쿠포는 침대에서 굴러 떨어진 채 토사물 한가운데서 코를 골고 있었다. 그를 집으로 데려온 푸아송이 눕혀준 침대에서 굴러 떨어진 것이었다.

둘 다 꼼짝할 수가 없었다. 어디 발을 디딜 데도 없었다. 이제 그녀에게서는 남편에 대해 품을 수 있는 일말의 애정마저 싹 달아나버렸다.

그녀는 서랍장 한 모퉁이를 잡고 주정뱅이 위를 지나가려고

제8장

129

애썼다. 쿠포는 침대를 완전히 가로막고 있었던 것이다. 그때였다. 랑티에의 얼굴에 미소가 떠올랐다. 그는 그녀에게 손을 내밀더니 가쁜 숨소리를 내며 말했다.

"제르베즈……, 제르베즈……."

랑티에의 속마음을 알아챈 제르베즈는 격렬하게 뿌리치며 말했다.

"안 돼, 오귀스트. 제발 놔줘. 어서 당신 방으로 돌아가."

그러자 그가 말했다.

"제르베즈, 바보같이 굴지 마. 이렇게 냄새가 지독한데 여기서 잘 순 없어. 뭐가 두렵다고 그래? 이 사람은 아무것도 몰라."

그녀는 저항했다. 격렬하게 고개를 흔들며 안 된다고 몸부림쳤다. 그녀는 무슨 수를 써서라도 자기 침대에서 잠을 자려했다. 그녀는 두 번이나 침대의 깨끗한 구석을 찾아 그리로 가려했다. 그러나 랑티에는 단념하지 않았다. 그리고 그녀의 욕정에 불을 붙이려는 듯 그녀의 귀에 다정한 말을 속삭였다.

아! 이제 그녀는 오도 가도 못할 처지였다. 앞에는 남편이 자기 침대로 가는 것을 가로막고 있었고 뒤에서는 야비한 남자가 자신의 불행을 이용해서 자기를 가지려 하고 있었다. 모자장이가 목청을 높이려 하자 그녀가 제발 조용히 하라고 애원했다.

그녀는 나나와 쿠포 할멈이 잠들어 있는 방 쪽으로 귀를 기울였다.

"오, 오귀스트, 제발 놔줘요. 여기서는 안 돼요. 나중에…….
딸 앞에서 어떻게…….”

랑티에는 미소 지었다. 그리고 그녀의 귓불에 입을 맞추었다. 그러자 그녀의 온몸에서 힘이 쫙 빠졌다. 그럼에도 그녀는 다시 침대를 향해 한 걸음을 뗐다. 하지만 악취가 심해 물러날 수밖에 없었다.

그녀는 자신도 모르게 중얼거렸다.

"아, 어쩌면 좋아. 어쩔 수 없어. 저 사람 잘못이야. 저 사람이 날 침대에서 쫓아냈어. 난 더 이상 누울 침대가 없어. 다 저 사람 잘못이야…….”

그녀는 몸을 떨었다. 정신이 아득했다. 랑티에가 그녀를 자기 방으로 밀고 들어가는 순간, 나나의 얼굴이 작은 방 문에 달린 유리창에 잠깐 나타났다. 나나는 아버지가 오물 속에 나뒹굴고 있는 모습을 보았다. 그리고 어머니가 다른 남자의 방으로 들어가 그 모습이 사라질 때까지 지켜보았다. 그 애의 장난기 어린 두 눈에는 관능적 호기심이 번쩍이고 있었다.

제9장

제르베즈가 밤마다 랑티에의 방으로 들어간다는 소문은 삽시간에 온 동네에 퍼졌다. 천식으로 병상에 눕게 된 쿠포 할멈이 낌새를 챘고, 어느 날 병문안을 온 로리외 부인과 르라 부인에게 말했던 것이다. 두 부인은 별로 놀랄 일도 아니다, 랑티에가 이 집에 들어온 첫날부터 있었던 일인데 뭘 그러시느냐고 하면서도 여기저기 떠벌리고 다녔다. 그녀들은 그 이야기를 하면서 분개하는 척했고 동생을 불쌍하다고 했다. 그러자 온 동네 사람들이 제르베즈를 일제히 비난했다. 게다가 제르베즈가 랑티에를 부추겨 그런 타락한 짓을 하도록 만든 게 틀림없다고들 수군거렸다. 이 엉큼한 작자는 모든 여자들의 마음에 드는 신사다운 태도를 보이며 지냈기 때문이었다. 모두들 자기 좋다는 여자를 뿌리칠 남자가 어디 있느냐며 랑티에 편을 들었다.

온 동네가 자기를 비난하고 있었지만 제르베즈는 졸린 듯한 표정으로 태평스럽게 지내고 있었다. 처음에는 그녀도 자신이 더러운 년이라고, 죄인이라고 스스로를 혐오했었다. 그러나 그녀는 서서히 익숙해져 갔다. 게으름이 그녀를 둔감하게 만들었고, 세상 모든 일에 대해 관대하게 만들었다. '골치 아프게 생각할 거 뭐 있어? 그냥 이대로 사는 거지 뭐. 내가 크게 잘못한 것도 없는 것 같아. 잘못하면 벌을 받기 마련인데, 그냥 이렇게 편하게 지낼 수 있잖아.'

결국 그녀는 두 남자에게 밤을 나누어주었다. 함석장이가 코를 심하게 골면 베개를 들고 모자장이에게 갔다. 그에게 더 큰 애정을 느끼기 때문이 아니었다. 다만 모자장이가 더 깨끗하다고 생각했고 목욕탕을 찾아가는 기분으로 그에게 가서 편히 쉬었다. 마침내 그녀는 하얀 시트에서 몸을 옹크린 채 잠자는 것을 좋아하는 암고양이처럼 되었다.

어느 날, 제르베즈가 없을 때 구제가 세탁소로 찾아왔다. 맡긴 세탁물을 날이 지나도록 가져오지 않자 구제 부인이 재촉하려고 아들을 보낸 것이었다. 쿠포 할멈은 구제를 침대 가에 앉으라고 한 후, 제르베즈의 모든 행실을 다 이야기해주었다. 밖으로 나온 구제는 슬픔으로 가슴이 막혀 잠시 벽에 기대고 있어야만 했다.

제르베즈가 돌아오자 쿠포 할멈은 당장 세탁물들을 가지고 구제의 집으로 가라고 호통을 쳤다. 그녀는 세탁물들을 챙겨 구제의 집으로 갔다. 그녀는 몇 년 전부터 빚을 단 한 푼도 갚지 못하고 있었다. 빚이 425프랑까지 올라갔지만 갚는 것은 불가능했다. 그녀는 매번 자기가 정말 어렵다며 세탁비를 받아갔기에 빚은 줄지 않았다.

제르베즈를 본 구제 부인은 그녀를 차갑게 맞았다. 제르베즈는 당황해하며 변명도 못 했다. 그녀는 이제 약속을 지키지 않았고 1주일씩 늦는 일도 다반사였다. 점차 그녀의 삶은 그렇게 무질서 속으로 들어가고 있었던 것이다.

그런데 이번에는 더 큰 사고를 저지르고 말았다. 남의 세탁물이 섞여 있었으며 정작 급히 필요하다고 말한 시트는 가져오지도 않은 것이다.

부인이 말했다.

"이런! 시트를 빼놓고 오면 어떻게 하나? 잃어버린 건 아니겠지? 허, 참! 정신 좀 차리고 일해야지……. 하여간 내일 아침에는 꼭 시트가 필요해요. 알았지요?"

잠시 침묵이 흘렀다. 등 뒤로 구제의 방문이 살짝 열려 있었다. 제르베즈는 그가 그 방에 있음을 느낄 수 있었다.

문제가 거기서 끝난 것이 아니었다. 세탁물들을 하나하나 점검해보니 세탁도 다림질도 엉망이었다. 게다가 스타킹, 수건, 식탁보, 행주 등 없는 세탁물들이 너무 많았다.

어쨌든 셈이 끝났다. 제르베즈는 새로운 세탁물 주문을 기다렸다. 그러자 구제 부인이 조용히 말했다.

"됐어요. 이번 주에는 세탁물이 없어요."

제르베즈는 파랗게 질렸다. 유일하게 남아 있던 단골이 떠난 것이다. 그녀는 정신이 하나도 없어서 의자에 털썩 주저앉았다. 그리고 조용히 물었다.

"구제 씨는 어디 편찮으신가요?"

제르베즈의 말이 맞았다. 그는 괴로워하고 있었다. 대장간 일도 못 하고 집으로 돌아와 침대에 누워 있었던 것이다. 구제 부인은 심각한 표정으로 제르베즈에게 말했다.

"볼트 제조공들의 일당이 또 내려갔어요. 9프랑에서 7프랑으로. 그놈의 기계 때문에……. 이제 모든 것을 다 아껴야 해서 세탁도 직접 해야 해요. 당신이 빚을 갚아준다면 좀 나아지겠지만……. 한 달에 10프랑씩이라도……."

그때 안에서 "어머니! 어머니!"라는 구제의 목소리가 들렸다. 빚 이야기는 하지 말라고 미리 이야기해놓았음이 틀림없었다. 부인은 금세 화제를 바꾸었다. 하지만 5분도 못 되어 그녀는 다시 빚 이야기를 했다. "애초에 쿠포가 다 털어먹을 걸 알고 있었지. 아들이 내 말을 들었으면 500프랑을 빌려주는 일은 없었을 거야." 말하는 도중 그녀는 흥분했다. 제르베즈가 쿠포와 짜고 바보 같은 자기 아들을 속여 먹었다고 노골적으로 비난했다. "그래, 겉으로 착한 척하다가 어느 날 못된 본성을 드러내는 여자들이 있지……."

"어머니! 제발!"

안에서 더 격한 음성으로 구제가 어머니를 불렀다. 그녀가 자리에서 일어나 구제의 방으로 들어갔다. 그녀는 다시 돌아온 후 뜨개질감을 잡으면서 조용히 말했다.

"들어가 봐요. 아들이 당신을 만나고 싶어 하니."

제르베즈가 안으로 들어갔다. 구제는 눈이 벌겋게 충혈된 채, 힘없이 침대에 누워 있었다. 너무 화가 나서 베개를 주먹으로 두들겨 팼는지, 터진 베갯잇 사이로 깃털이 잔뜩 흘러나와 있었다.

제르베즈를 보자 그가 조용한 목소리로 말했다.

"어머니 말씀 듣지 마세요. 당신은 내게 빚이 없어요. 난 그런 말 하는 건 싫습니다."

그는 몸을 일으켜 그녀를 바라보았다. 굵은 눈물방울이 흘러내렸다. 그 모습을 보고 제르베즈가 속삭이듯 말했다.

"무슨 괴로운 일 있으세요, 구제 씨? 제발 말씀해주세요."

"아무것도 아닙니다. 어제 좀 무리한 것 같아요. 좀 자야겠어요."

그러나 그는 도저히 참을 수가 없었다. 가슴이 터질 것 같았기 때문이었다. 그는 소리치지 않을 수 없었다.

"오, 맙소사! 어떻게 그런 일이! 당신 스스로 맹세했잖아요! 그런데 그런 일이 벌어지고 말았어! 아, 너무 힘들어! 그만 나가줘요!"

그는 부드러운 손짓으로 나가달라고 했다. 그녀는 멍한 표정으로 그를 달래주지도 못하고, 변명 한 마디도 못 하고 방에서 나왔다.

그녀는 구제 부인에게 제대로 인사도 못 하고 밖으로 나왔다. 그녀는 깨끗하게 정돈된 그 집에 마지막 시선을 던지며 천천히 문을 닫았다. 자신이 지니고 있던 가장 성실한 그 무엇, 가장 소중한 그 무엇을 그 집에 두고 오는 것 같았다. 집으로 돌아온 그녀는 몹시 피곤했고 뼈마디가 쑤셨다. '인생이란 결국

제9장

너무 고달픈 거야. 빨리 죽으면 좋으련만. 하지만 스스로 심장을 잡아 뺄 수도 없으니, 너무 힘들어.'

이제 제르베즈는 모든 것을 대수롭지 않게 여겼다. 어떤 걱정거리가 생겨도 하루 세끼 먹는다는 기쁨만으로 다 넘겨버렸다. '가게가 무너진들 어때. 가게 밑에 깔리지만 않으면 되지. 속옷 하나 챙기지 않고 나가면 되잖아.'

실제로 가게는 무너지고 있었다. 세탁물들은 세탁이 형편없다고 되돌아왔고 그녀는 손님들에게 말대꾸를 하면서 싸웠다. 손님들은 발길을 끊었다. 이제 가게를 찾는 사람들은 세탁비를 제대로 내지 않는 사람이거나 매춘부들뿐이었다.

게을러지고 가난해지니 당연히 가게는 더러워졌다. 아무도 이 가게가 지난날 제르베즈가 그토록 자랑했던 푸른색의 아름다운 세탁소라고는 생각할 수 없었다. 벽도 유리창도 청소를 하지 않아 온통 마차가 튀기고 간 흙탕물로 얼룩져 있었다. 세탁물 습기에 벽지는 너덜너덜 떨어져 나갔고 다리미 난로는 곳곳이 깨지고 구멍이 나 있었다. 게다가 시큼한 풀 냄새, 곰팡이, 음식 찌꺼기 냄새, 기름때로 인한 악취가 코를 찔렀다.

하지만 제르베즈는 그 안에서 편안했다. 그녀는 가게가 더러워진다는 것조차 의식하지 못했다. 그녀는 찢긴 벽지, 기름때 묻은 물건들에 익숙해졌고 군데군데 구멍이 난 속치마를 아무렇지도 않게 입었으며 더 이상 얼굴을 정성스럽게 씻지도 않았다. 이제는 그 불결함 자체가 그녀가 그 안에 몸을 웅크리고 살아갈 보금자리가 되었다. 게으름으로 온통 마비되어 있는 집에서 그녀는 일종의 관능적 도취감을 느꼈다. 그저 조용한 게 최고였다. 나머지는 그녀가 신경 쓸 바가 아니었다.

빚은 늘어만 갔지만 그녀는 더 이상 그 때문에 괴로워하지 않았다. 그녀에게서는 성실과 정직이라는 개념이 사라져버린 것이다. 그녀는 이 집에서 거절하면 저 집에서 외상을 얻었다. 온 동네에 빚투성이였다. 빚쟁이들이 몰려와서 독촉을 해도 그녀는 태평이었다. '돈이 없는데 어떡해. 돈을 찍어낼 수도 없는 노릇이잖아.' 그리고 천연덕스럽게 식사를 한 후 방으로 들어가 잠을 잤다. '결국 다 죽는 거잖아. 맞아! 그런데 뭐 하러 애간장을 태우며 살아.'

더 이상 외상도 힘들어지자 그녀는 전당포를 이용했다. 그럭저럭 건강을 되찾은 쿠포 할멈은 하루가 멀다 하고 앞치마 밑에 보따리를 감춘 채 전당포를 들락날락했다. 집을 몽땅 전당 잡힐 기세였다. 만일 머리카락도 전당 잡혀준다면 몽땅 밀어버렸으리라. 처음에는 어쩌다 번 돈으로 맡긴 물건을 찾기도 했다. 하지만 나중에는 무슨 물건을 맡겼는지도 무심하게 잊어버렸고, 이어서 전당표까지 팔아버렸다.

이토록 모든 것이 무너져 가는데도 쿠포는 원기 왕성했다. 이 빌어먹을 주정뱅이는 마치 마법에라도 걸린 듯 건강이 좋았던 것이다. 그는 싸구려 포도주와 싸구려 압생트를 마시며 살이 통통하게 쪘다. 머리카락이 하얗게 세었고, 주독에 절어 얼굴은 푸르죽죽했지만 쿠포는 건강을 위해 더 마셔댔다. 그는 아내의 비행을 몰랐고 아마 알려고도 하지 않았을 것이다.

랑티에도 마찬가지로 건강했다. 그는 몸매와 건강에 신경을 쓰면서 음식 조절을 했고 영양가 있는 음식만 먹었다. 게다가 그는 여주인을 남편과 공유하게 된 날부터 아예 그 집 주인인 양 행세했다. 그런데 임시 남편인 그가 더 악독했다. 그는 쿠포 부부에게서 단물을 빨아 먹고 있었던 것이다. 오직 단물만을! 그는 마누라도 음식도, 그 외의 모든 것도 자기가 선점하려 했다. 심지어 사람들이 쿠포를 찾아오면 슬리퍼를 신고 마치 남편처럼 귀찮은 표정으로 밖으로 나갔다.

그러면서 쿠포와 랑티에는 끊임없이 제르베즈를 괴롭혔고 그녀에게 욕설을 퍼부어댔다. 살이 쪄서 몸이 동그랗게 된 제르베즈는 그냥 그들에게 순종했다. 그러면서 습관적으로 기계처럼 일을 했다. 한 주일이 지나면 그녀는 머리와 팔다리가 빠개질 듯 아팠고 미친 여자처럼 얼이 빠져버렸다. 그렇다. 쿠포와 랑티에는 그렇게 제르베즈를 마모시키고 있었던 것이다.

12월이 되었다. 집안 살림은 날이 갈수록 더 피폐해져만 갔다. 그런데 그 사실을 가장 안타까워한 것은 랑티에였다. 그는 파멸의 냄새를 맡았다. 자기가 집을 깡그리 먹어치운 주제에 머잖아 다른 곳에서 먹을 것과 잠자리를 찾아야 한다는 사실에 그는 울화통이 터졌다. 그래서 제르베즈에게 자주 성질을 부렸다. 이곳은 그에게 진정한 꿈의 나라였다. 이곳보다 더 달콤한 곳은 그 어디에서도 찾을 수 없으리라. 제 좋은 것만 실컷 먹고, 그래도 먹을 게 남아 있는 곳을 어디서 찾는단 말인가! 집안이 송두리째 제 배 속에 들어앉아 있는 셈이니 결국 그는 자기 배에 대해서 화를 내는 것과 같았다. 하지만 그는 쿠포에게 정말 구제불능이라고 큰소리를 쳤으며 제르베즈에게는 절약할 줄 모른다며 야단을 쳤다.

랑티에는 머리를 굴렸다. 언젠가 비르지니가 장사를 해보고 싶다고 하던 것이 생각났다. 그는 그녀를 잔뜩 추켜세우며 부추겼다. 그러면서 동시에 쿠포와 제르베즈 앞에서 그들 부부가 얼마나 한심한 처지에 놓여 있는지 자꾸 탄식을 늘어놓았다. 제르베즈는 온종일 그가 늘어놓는 가난의 진창길을 억지로 걸어야만 했다.

"나를 위해서 이러는 게 아냐. 제길! 난 당신들과 함께 굶어 죽을 각오가 되어 있는 사람이라고. 하지만 사람이라면 분별력이 있어야지. 지금 어떤 상황인지 살펴봐야 한다고. 온 동네 가게에 진 빚이 500프랑이야. 집세는 250프랑이나 밀려 있어. 건물 주인은 정월 초까지 집세를 내지 않으면 쫓아내겠다고 공공연히 말하고 다녀. 이제 전당포에 갖다줄 물건도 없잖아."

그가 늘어놓는 말을 들으며 제르베즈는 화를 내다가 주먹으로 탁자를 내리치며 서럽게 울었다. 어느 날 저녁 랑티에가 또다시 일장연설을 늘어놓자 그녀가 소리쳤다.

"내일, 이 집에서 나갈 거예요. 이렇게 불안과 공포 속에 사느니 차라리 길바닥에서 자는 게 낫겠어요."

그러자 랑티에가 음험한 목소리로 말했다.

"가게를 찾는 사람만 있다면…… 가게를 넘기고 나가는 게 현명한 방법일 거야."

"당장에라도 그런 사람이 있다면! 아, 얼마나 속 시원할까?"

하지만 랑티에의 입에서 비르지니의 이름이 나오자 제르베즈의 태도가 싹 바뀌었다.

"그래, 그년은 내가 망하기만 기다려온 거야. 다른 사람이라면 몰라도 그 키다리에게는 넘겨줄 수 없어. 흥, 세탁장에서 볼기 맞은 걸 잊지 못하고 속에 원한의 불씨를 키워온 거야. 볼기한 번 더 맞기 싫으면 얌전히 있는 게 좋을걸."

서슬 퍼런 제르베즈의 말에 랑티에는 일단 가게 양도 문제를 접었다. 하지만 호시탐탐 기회를 노리고 있었다.

그런데 랑티에가 기다리던 기회가 왔다. 쿠포 할멈이 그만 세상을 떠난 것이다. 쿠포 할멈의 장례식이 있던 날, 장례식을 치르자마자 그는 사람들을 앞세워 가게를 넘기라고 쿠포를 설득했다. 여전히 안 된다고 버티는 제르베즈에게 쿠포와 랑티에가 욕설을 퍼부었다. 장례식 때문에 진 빚은 다 어떻게 하라고! 마침내 그녀가 포기했다.

"그만해요. 나도 가게라면 지긋지긋해! 다 필요 없어요! 이제다 끝났어요!"

이제 가게는 푸아송 부부에게 넘어갔다. 푸아송 부부는 가게를 인수했다. 밀린 집세는 그들이 대신 내주고 나중에 갚으라고 했다. 쿠포 부부는 로리외 부부와 같은 층인 7층의 빈방에

세를 들기로 했다. 기가 막힌 일은 랑티에가 전에 쓰던 방을 자기가 그대로 쓰면 안 되겠느냐고 푸아송에게 말했고 그 순경 나리가 반색하고 받아들였다는 것이다.

그날 저녁 제르베즈는 집으로 돌아와서 의자에 멍하니 앉아 있었다. 적막강산에 앉아 있는 기분이었다. '그래, 걱정거리가 없어진 건데 뭘.'

하지만 그날 공원 무덤구덩이에 그녀가 묻고 온 것은 쿠포 할멈만이 아니었다. 그녀는 거기에 자신의 삶의 한 부분을 묻고 온 것이었다. 그토록 아끼던 가게, 여주인으로서의 자긍심, 그 외에 그녀가 지니고 있던 모든 소중한 감정들을 묻고 온 것이었다. 그렇다. 그녀 주변의 모든 것도, 그녀의 가슴도, 아무것도 없이 헐벗고 있었다. 그것은 완전한 추락이었다. 그녀는 나직이 중얼거렸다. "이제 지쳤어. 하지만 나중에 다시 일어날 거야. 그럴 수만 있다면."

그날 밤 나나는 할머니의 큰 침대에서 자겠다고 떼를 썼다. 엄마는 나나를 무섭게 야단쳤다. 하지만 막무가내였다. 하도 시끄럽게 굴어서 마침내 제르베즈는 허락했다. 이 어린 여자아이는 넓은 침대를 좋아했다. 나나는 그날 밤, 폭신하고 감촉이 보드라운 보료 속에서 푹 잠을 잤다.

제10장

쿠포 부부의 새 집은 B계단 7층에 있었다. 7층으로 올라와 왼쪽으로 돌아 긴 복도를 지난 후 다시 한번 왼쪽으로 돌아야 했다. 첫 번째 집은 술주정뱅이 비자르의 집이었다. 그의 아내는 술에 취한 그에게 맞아 죽었고, 그의 어린 딸이 죽은 아내 대신 아버지의 매를 맞으며 살고 있었다. 그 맞은편, 방이라고 하기보다는 구멍이라고 하는 것이 옳은 곳에 브뤼 영감이 살고 있었다. 거기서 방 두 개를 지나면 장의사 바주즈 영감의 방이 나오고, 바로 그 옆방이 쿠포 부부의 거처였다. 그들의 거처 안쪽으로는 두 개의 방밖에 없었고 복도 막다른 곳에 로리외 부부의 집이 있었다.

방 하나와 곁방 하나, 그것이 전부였다. 방은 손바닥만 한 크기였다. 거기서 먹고 자는 등 모든 것을 해결해야 했다. 곁방에는 나나의 침대가 겨우 들어갔다. 집이 너무 좁아 푸아송 부부에게 가구들을 모두 넘겨주고 침대, 식탁, 의자 네 개만 가져왔는데도 집이 꽉 차버렸다. 서랍장만은 주고 올 수 없어서 가져왔는데, 그 장이 창문 절반을 가려버려 방에 햇빛이 잘 들지 않았다.

처음 며칠 동안 제르베즈는 서러워서 울기만 했다. 이제 그녀는 더 이상 아래에서 하늘을 올려다보며 희망을 갖고 있던 젊은 여자가 아니었다. 이제 그녀는 지붕 밑 가난뱅이들이 사는 더러운 굴에서, 햇빛조차 들어오지 않는 곳에서 살고 있었다. 그녀가 자신의 운명을 탓하며 눈물을 흘리는 것도 무리는 아니었다.

하지만 그녀는 점차 그 생활에도 익숙해졌다. 게다가 날씨가 좋아지면서 행운도 찾아왔다. 쿠포가 일자리를 구해서 에탕프라는 지방으로 가게 된 것이었다. 그는 그곳에서 석 달 동안 일을 했다. 그는 술도 자제하면서 시골 맑은 공기를 마신 덕분에 삽시간에 건강이 좋아졌다. 그는 400프랑이나 벌어왔다. 그들은 그 돈으로 푸아송 부부가 대신 내준 집세를 갚았고, 동네 소소한 빚들 중 가장 급한 것들을 갚았다. 제르베즈는 일당을 받으며 포코니에 부인의 세탁소에서 다시 일했다. 숙련된 솜씨를 인정받았기에 일당 3프랑을 받을 수 있었다. 제르베즈는 잠시 희망에 젖었다. 살림은 어떻게든 꾸려나갈 수 있을 것 같았고, 절약만 한다면 빚도 다 청산하고 그럭저럭 괜찮게 생활할 날이 올 것도 같았다. 하지만 그것도 잠깐이었다. 남편이 꽤 많은 돈을 벌어온 덕에 마음이 들떴을 때 그런 청사진이 그려졌을 뿐, 그 열기가 식자 그녀는 다시 심드렁해졌다. 그녀는 다시 하루하루 되는 대로 살았고, 좋은 시절이란 그리 오래가지 않는 법이라고 되풀이해 말하곤 했다.

당시 쿠포 부부의 마음을 가장 괴롭혔던 것은 예쁘게 단장한 비르지니의 가게를 바라보는 일이었다. 그들은 본래 질투가 심한 사람들이 아니었다. 그러나 사람들이 그 가게가 너무 멋지다며 그들을 자극했다. 특히 보슈 부부와 로리외 부부가 그 가게가 너무 깨끗하다며 입에 침이 마르게 칭찬했다.

비르지니는 이런저런 궁리 끝에 그 가게에 사탕, 초콜릿, 커피, 차를 파는 작은 고급 식료품점을 냈다. 랑티에가 뭐니 뭐니 해도 식료품 가게가 이익이 제일 크게 남는다며 권한 덕분이었다. 그리고 무엇보다 랑티에는 단것들을 좋아했다.

사람들은 이제 랑티에가 비르지니의 애인이라고 수군댔다.

가관인 것은 쿠포의 태도였다. 그는 푸아송을 오쟁이 진 남자라고 놀렸다. 사람들은 그런 쿠포를 손가락질하며 놀려댔다. 그런 가운데도 겉보기에 가장 위엄을 지니고 행동한 것은 랑티에였다. 그는 쿠포 부부와 푸아송 부부 간의 싸움을 두 번이나 말리고 화해시켰으며, 제르베즈와 비르지니를 엄격한 눈초리로 감시하며 겉보기에는 사이좋게 지내게 만들었다. 그러면서 그는 남들 일을 자기 일처럼 신경 쓰고 사는 일은 정말 힘들다고 큰소리쳤다.

2년의 세월이 흘렀다. 그사이 나나의 영성체가 있었고 나나의 영성체 날 영성체 기념 축하연 겸, 푸아송 부부의 가게 개점 축하연이 푸아송 가게에서 열렸다. 나나는 겨우 열세 살이었지만 키가 컸고 제법 숙녀 티가 났다. 그 자리에서 사람들은 나나가 무슨 일을 하는 게 좋을까 의견들을 나눴고, 쿠포의 큰누이인 르라 부인의 권유대로 나나는 조화(造花) 만드는 일을 배우기로 결정되었다. 그날 집으로 올라가면서 쿠포 부부는 푸아송 부부가 그렇게 나쁜 사람들은 아니라는 데 의견의 일치를 보았다. 그녀는 그 가게로 가면서 옛날 자신의 것이었던 가게를 보면 마음이 아플 거라고 생각했다. 그러나 한순간도 화가 나지 않는 것을 보고 스스로도 놀랐다.

하지만 그것이 쿠포 부부가 거의 마지막으로 맞이한 좋은 날이었다. 그들의 생활은 점점 더 어려워져갔다.

두 번의 겨울이 그들을 파멸로 몰고 갔다. 추위와 함께 굶주림이 엄습했고 부부는 시베리아 벌판처럼 차디찬 방에서 끼니를 거른 채 찬장 앞을 어슬렁거리는 날이 많아졌다. 더욱이 그들을 옥죄는 것은 집세였다. 주인 마레스코 씨가 고급 외투를 입고 찾아와서 집세를 못 낼 거면 나가라는 말을 되풀이하는 동안, 거리에는 하얀 눈이 내리고 있었다. 집세를 내기 위해서라면 그들은 제 살이라도 팔았으리라.

물론 쿠포 부부의 책임도 컸다. 생활이 아무리 힘들더라도 절약하며 생활한다면 곤경에서는 벗어날 수 있는 법이다. 하지만 부부는 둘 다 일을 끔찍이도 싫어했다. 조화 공장에 다니는 나나는 아직 벌이가 없었다. 제르베즈는 점점 솜씨도 떨어지고 일도 깨끗이 하지 못했기에 일당이 초보자들 급인 40수로 내려갔다. 그러면서도 결근을 자주 했고 툭하면 자리를 비우곤 했다. 그러니 주말에 급료를 받아보면 정말로 보잘것없었다.

쿠포도 일 비슷한 것을 하는 것 같았지만 제르베즈가 보기엔 정부를 위해 무료 봉사를 하는 것 같았다. 단 한 푼도 집으로 가져오지 않았기 때문이었다. 그는 버는 돈을 술과 안주로 바꾸어 모두 자기 배 속에다 집어넣었다.

그렇다. 해가 거듭될수록 그들이 몰락해간 것은 분명 그들의 잘못이었다. 그러나 그들은 진흙탕에서 허우적거리면서도 절대로 그런 생각을 하지 않았다. 그들은 운이 없다고 투덜댔고 하느님이 그들을 버렸다고 뇌까렸다. 당연히 집 안은 조용한 날이 없었다. 그들은 툭하면 다투었고 말다툼이 심해지면 따귀를 날리기도 했다. 이제 그들은 애정을 가진 가족이 아니었다. 쿠포, 제르베즈, 나나 셋 모두 증오심이 가득 찬 눈초리로 별일 아닌 것에도 서로 불같이 화를 냈다.

그래도 변치 않는 것이 있었다. 바로 제르베즈의 동정심이었다. 가난에 찌들어 거의 미쳐가는 생활 속에서도 그녀는 이 건물 중 가난한 7층 사람들을 동정했다. 특히 그녀는 계단 밑의 구멍에 사는 브뤼 영감을 불쌍하게 생각했다. 영감은 마르모트처럼 그 구멍에 틀어박힌 채, 되도록 추위를 피하려고 몸을 동그랗게 말고 있었다. 며칠이나 꼼짝 않고 있었으며 배가 고파도 외출조차 하지 않았다. 그가 며칠 동안 외출을 않고 있으면 사람들은 혹시 그가 죽은 것은 아닌지 들여다보곤 했다. 제르베즈는 어쩌다 빵이 생기면 영감에게 조금씩 가져다주곤 했다.

또한 7층에는 그녀를 무섭게 하는 사람이 살고 있었다. 바로 칸막이만으로 이웃해 있는 장의 인부 바주즈 영감이었다. 영감을 보면 자신의 죽음이 저절로 떠올랐다. 그러나 그녀는 그가 두렵기만 한 것이 아니었다. 더욱 나쁜 것은 그에게 매료되었다는 사실이다. 그녀는 두려움 가운데 과연 죽음이 어떤 것인지 만져보고 알아보고 싶은 호기심에 젖었다. 영감이 묘지 냄새를 풍기며 돌아온 날에는 그녀는 공상에 잠겨 죽음을 그려보았고, 마치 부정한 짓을 꿈꾸는 여자처럼 흥분했다. 더욱이 영감은 그녀에게 옷을 잘 입혀서 어디론가 좋은 곳으로 데려가주겠다고, 그곳에서는 아주 편하게 잘 수 있다고, 이 세상 온갖 시름을 단번에 잊을 수 있다고 이미 두 번이나 제안하지 않았는가? 정말 아늑할 것 같았다.

그녀는 죽음을 맛보고 싶다는 욕망을 점점 더 강하게 느꼈다. 할 수만 있다면 보름이나 한 달 정도 실험해보고 싶어졌다. 아! 한 달만 그렇게 편하게 잠들 수 있다면! 특히 겨울에, 집세를 내야 하는 그 힘든 시기에 한 달 동안 푹 잠들 수 있다면! 하지만 그건 불가능한 일이었다. 한 시간이라도 죽음의 잠을 자기 시작하면 영원히 잠들어야만 하니까. 그렇게 생각하자 등골이 오싹해졌다. 그녀는 자기를 재워달라고 칸막이벽을 두드리고 싶은 욕망을 겨우 잠재웠다.

이제 목로주점의 싸구려 독주가 쿠포 부부의 삶을 본격적으로 파괴하기 시작했다. 쿠포는 날이 갈수록 건강이 나빠졌다. 싸구려 독주가 그의 혈색을 좋게 만들어주던 시절은 사라졌다. 그는 배를 두드리며, 이놈의 술 때문에 살이 통통하게 찐다고 더 이상 큰소리를 칠 수 없게 되었다. 점점 피골이 상접해졌고 얼굴은 푸르죽죽한 납빛을 띠며 썩어갔다. 식욕도 없어져 빵도 먹기 싫었고 심지어 음식 자체를 쳐다보기도 싫어졌다. 신경 써서 맛있는 음식을 만들어주어도 아무 소용없었다. 위장이 음식을 거부했고 이가 망가져 씹지도 못했다. 그저 하루 반 리터의 싸구려 증류주를 마셔야만 했다. 그것이 하루 식량이었고 그의 위가 소화시킬 수 있는 유일한 음식이었다. 술을 마시지 않으면 손발이 덜덜 떨렸고 급기야 온몸을 떨었다.

3월 어느 날 밤이었다. 쿠포는 온몸이 흠뻑 젖어서 들어왔다. 소나기를 맞은 것이다. 의사가 와서 청진기를 대고 진찰을 하더니 폐렴이라고 했다. 쿠포는 입원했다. 그런데 이틀 후에 제르베즈가 병원으로 찾아갔더니 그는 병원을 옮겼다. 쿠포가 자꾸 헛소리를 하고 정신이 나간 짓을 해서 정신병원으로 옮긴 것이다. 병원에서 며칠 요양을 한 후 쿠포는 용태가 좋아져서 퇴원을 했다. 쿠포가 퇴원할 때 수습 의사가 제르베즈에게 경고를 했다.

"만일 다시 술을 마시면 병이 재발할 것이고 그때는 목숨까지 잃게 될 겁니다. 술만 안 마시면 아무 문제가 없을 것입니다. 이 세상에 술집이란 건 없다고 생각하고 살아야 할 겁니다."

쿠포는 집으로 돌아오는 마차 안에서 제르베즈에게 말했다.

"옳은 말씀이야. 나도 이제 딱 한 잔 이상은 안 마실 거야."

그러나 한 잔이 곧 두 잔이 되었고, 금세 석 잔, 넉 잔이 되었다. 그리고 보름이 지나자 바로 옛 주량으로 되돌아갔다. 하루에 증류주 반병 이상을 마시게 된 것이다. 그리고 지옥이 다시 시작되었다. 희망이라고는 어디에도 없었다. 나나는 아버지에게 사정없이 대들었고, 쿠포는 제르베즈에게 결혼한 걸 후회한다며, 남들이 먹다 남은 찌꺼기를 덥석 받다니 자기가 미쳤었다고 말했다. 그날 부부는 본격적인 격투를 벌였고, 우산과 빗자루가 부러질 정도로 서로를 두들겨 팼다.

이제 제르베즈는 정말로 손가락 하나 까딱하지 않을 정도로 게을러졌다. 웅크리고 앉아 아무 일도 하지 않았으며 뭔가 즐거운 일이 있을 때만 몸을 움직일 정도가 되었다.

그래도 아직 쿠포는 가끔 일을 나갔다. 어느 토요일 날 쿠포가 보름치 급료를 받은 기분에서인지 제르베즈에게 서커스 구경을 가보자고 선심을 썼다. 그런데 저녁 7시가 되어도 쿠포는 집에 나타나지 않았다. 한 시간을 더 기다려도 쿠포가 코빼기도 비추지 않자 제르베즈는 화가 났다. '이 주정뱅이가 술집에서 보름치 급료를 배 속에 처넣고 있는 게 틀림없어.'

그녀는 밖으로 나갔다. 거리에는 이슬비가 내리고 있었다. 그녀는 목로주점으로 갔다. 가게 앞에서 유리창을 통해 안을 들여다보니 홀 안 깊숙한 곳에 쿠포의 모습이 보였다. 자기는 처량하게 비를 맞고 있는데 저 주정뱅이는 안에서 편하게 술이나 마시고 있다니! 그녀는 울화통이 터졌다. 그녀는 문을 열고 안으로 들어갔다. '오늘 서커스를 가자고 했었잖아. 나는 충분히 이럴 자격이 있어.'

"아니, 이게 누구신가! 우리 마누라잖아. 도대체 이게 무슨 꼴이야! 꼭 광대 꼴이로군. 진짜 웃기네." 그녀를 보자 쿠포가 숨이라도 넘어갈 듯 웃어젖히며 말했다.

같이 있던 친구들은 뭐가 웃기는 건지도 모르고 덩달아 웃었다. 제르베즈가 용기를 내서 말했다.

"자, 지금이라도 가요. 빨리 가면 늦지 않았어요."

"가야지. 그런데 일어날 수가 없어. 엉덩이가 의자에 붙어버렸어. 농담이 아니라고. 그러지 말고 당신도 여기 앉아."

제르베즈는 비가 내리고 있는 밖으로 나갈 수도 없어 자리에 앉았다. 쿠포의 술친구 한 명이 제르베즈를 위해 아니스주를 시켜주었다. 아니스주를 음미하면서 제르베즈는 옛 추억이 떠올랐다. 그 옛날 쿠포가 자신에게 치근거리던 시절 먹었던 자두, 술에 절인 자두가 생각났던 것이다. 그때 그녀는 술은 남겨두고 자두만 먹었었다. 그런데 그녀는 지금 술을 입에 대고 있었다. 게다가 달착지근한 게 맛이 좋았다. 그녀는 잔을 비웠다.

그러자 쿠포의 친구가 한 잔 더 하시겠습니까, 라고 물었다. 그녀는 속이 울렁거렸다. 속을 편하게 하려면 뭔가 독한 술을 마시는 게 나을 것 같았다. 그녀는 남자들 술잔 속에 들어 있는 아름다운 황금색 술을 바라보며 말했다.

"지금 마시고들 계신 게 뭐지요?"

쿠포가 곧바로 대답했다.

"이게 뭐냐 하면…… 콜롱브 영감의 보약이지. 어디 맛을 보여줄까?"

독한 압생트가 앞으로 왔고 그녀는 마셨다. 턱이 얼얼했다. 두 번째 잔을 들이키자 배고픔이 사라졌다. 그리고 너그러워졌다. 그녀는 마음속으로 쿠포와 화해했고, 그가 약속을 어긴 것도 더 이상 원망하지 않았다. '다음에 보면 되지 뭐. 사실 뭐 대단한

것도 없잖아. 말을 타고 달리는 곡예가 뭐 그리 재미있어.'

그녀는 즐거워졌다. 살면서 이보다 더 즐거웠던 적은 없는 것 같았다. 그녀는 행복감에 젖어 팔다리가 마비되고 온몸이 노곤해졌다. 모든 것이 안개처럼 뿌옇게 보였다. 그녀 뒤편에서 증류기가 끊임없이 작동하고 있었다. 증류기가 흔들리는 것 같았고, 구리로 된 증류기 관이 마치 손처럼 그녀를 붙잡아 매는 것 같았으며, 그 술이 시냇물처럼 그녀의 몸속을 흐르는 것 같았다.

그날 제르베즈는 술에 취했다. 시간이 꽤 흘러 목로주점 문을 닫을 시간이 되었다. 콜롱브 영감이 일행을 모두 밖으로 몰아냈다. 여전히 비가 내리고 있었고 찬바람이 불고 있었다. 밖에서 그녀는 쿠포와 헤어졌다. 그리고 어떻게 돌아왔는지도 모르게 비틀거리며, 집으로 돌아왔다.

제11장

겨울이 되었다. 쿠포네 살림은 더욱 옹색해졌다. 그러나 세월이 가면서 더욱 풍성해진 것도 있었다. 바로 나나의 몸매였다. 열다섯 살이 된 나나는 우유처럼 뽀얀 얼굴, 복숭아처럼 싱그러운 살결, 귀여운 콧날, 장밋빛 입술을 뽐내며 남자들을 설레게 만들었다. 나나는 온갖 멋을 다 부렸다. 집에 먹을 빵도 없는 처지에 몸치장을 한다는 건 어려운 일이었다. 하지만 나나는 기적같이 그 일을 가능하게 만들었다. 작업장에서 장식 띠를 가지고 와서는 매듭과 리본을 만들어 드레스에 잔뜩 붙이고 다녔다. 그런 그녀를 사람들은 '귀여운 암탉'이라고 불렀다. 그녀는 이제 정식 조화공이 되어 작업장에서 일당 40수를 받고 일하고 있었다.

하지만 나나는 집에서 거의 매일 부모에게 매를 맞았다. 아버지가 때리다 지치면 어머니가 행실을 바로잡아준다며 마구 따귀를 때렸다. 그런 날이면 그녀는 침대에 누워 이를 갈았다. 여기서 이런 식으로 살다가 죽고 싶지는 않았다. 언제나 술에 취해 있는 아버지는 이제 더 이상 아버지라고 할 수도 없었다. 그저 빨리 벗어나고 싶은 짐승일 뿐이었다. 어머니라고 해서 조금도 나을 것이 없었다. 그녀도 점점 아버지 꼴이 되어갔다. 그녀도 계속 술을 마셨던 것이다. 술이 당기면 그녀는 남편을 찾는다는 핑계로 콜롱브의 목로주점을 찾아가곤 했다. 그녀는 팔꿈치를 괸 채 몇 시간이고 그곳에 죽치고 있다가 얼큰하게 취한 눈으로 그곳에서 나가곤 했다.

길을 가다가 술을 마시고 있는 어머니의 모습을 보면 나나는 화가 나서 참을 수 없었다. 게다가 집구석에 빵조각이라곤 없었고 독한 술 냄새만 가득한 것을 보고 분노가 폭발했다. 어느 날 밤, 나나는 침대에 모로 쓰러져 코를 골고 있는 아버지와 의자에 널브러져 멍하니 허공을 바라보고 있는 어머니를 보고 집을 나가버렸다.

나나가 가출하자 제르베즈는 또다시 충격을 받았다. 그녀는 몽롱한 무기력 상태에서도 나나가 몸 파는 짓을 하게 되리라는 것, 자기는 이제 돌봐줄 자식 하나 없이 저 깊은 수렁으로 더 추락하리라는 것을 예감했기 때문이었다. 그녀는 사흘 동안 내내 술을 퍼마셨고, 가출한 딸을 향해 끔찍한 욕을 퍼부었다.

제르베즈는 이제 세탁소 일도 할 수 없게 되었다. 아무도 그녀에게 일을 주지 않았다. 그녀는 비르지니 가게의 청소부로 일하게 되었다. 그녀가 힘들게 물청소를 하고 있으면 비르지니는 마치 귀부인처럼 말쑥하게 차려입고 일을 지시했다. 랑티에는 마치 주인인 양 거드름을 피우며 비르지니 옆 소파에 앉아 있곤 했다.

그러던 어느 날이었다. 사탕을 입에 물고 거드름을 피우고 있던 랑티에가 제르베즈에게 말했다.

"그런데 말이야, 어젯밤에 나나를 봤지."

갑작스러운 소식에 제르베즈의 가슴이 철렁 내려앉았다. 그녀는 물이 흥건한 더러운 바닥에 그대로 털썩 주저앉고 말았다. 그러자 랑티에가 계속 말을 했다.

"마르티르가를 따라 내려가던 중이었어. 그런데 웬 계집아이가 어떤 노인네 팔짱을 끼고 엉덩이를 흔들며 걸어가더군. 많이 보던 엉덩이 같았어. 급히 뛰어가서 보니 그 말괄량이 나나더란 말이야……. 걱정할 것 없어. 옷도 예쁘게 입었고 아주 행복해 보였으니까. 목에 황금 십자가도 걸었더군."

사탕을 다 먹은 랑티에는 병에서 다른 사탕을 꺼내 입에 넣으면서 다시 말했다.

"그런데 고년 정말 영악하단 말이야. 나를 보더니 따라오라고 눈짓을 하더군. 그러더니 영감을 카페에 처박아 놓고 어느 집 문 앞으로 나를 데려갔어. 정말 대단한 계집애야. 글쎄 거기서 내게 키스를 해주는 거야. 그러고는 당신 안부를 물었어."

제르베즈는 바닥에 주저앉은 채 아, 하는 신음 소리만 낼 뿐 한 마디도 할 수 없었다. 그녀는 개구리처럼 납작 엎드린 채 다시 마루를 닦기 시작했다. 얼마 후 그녀는 비르지니에게 30수를 받아, 목로주점에 앉아 술을 마셨다. 사람들은 딸이 탈선했기에 제르베즈가 술을 마시는 것이라고 했다. 제르베즈 자신도 이대로 죽었으면 하는 심정으로 독주를 입에 털어 넣었다.

그사이 나나는 가끔 집에 와서 잠을 잤다. 물론 부모에게 욕도 먹고 구타도 당했다. 그러면 그녀는 곧바로 또다시 가출했다.

쿠포는 쿠포대로 늘 술에 절어 살았다. 지난 여섯 달 동안 그가 술에 취하지 않은 날은 단 하루도 없었다. 마침내 그는 다시 정신병원에 입원했다. 그것은 그에게 마치 시골로 소풍을 가는 것과 다름없었다. 조금 나아지면 퇴원했다가 다시 술을 마셨고,

그러면 다시 병원에 입원했다. 기억력 같은 것은 사라진 지 오래였고, 두개골은 텅 비어 있었다. 이제 그는 나나가 6주 동안이나 가출해 있다가 오랜만에 모습을 보여도 딸이 마치 어디 심부름 갔다 온 것처럼 대했다. 마침내 그는 길에서 남자의 팔짱을 끼고 가는 나나의 모습을 가끔 보아도 딸을 알아보지 못했다. 요컨대 이제 그는 사람 축에 끼지 못하게 된 것이다.

추운 겨울이었다. 제르베즈는 사흘째 아무것도 먹지 못하고 있었다. 추위와 배고픔이 창자로까지 스며들면 허리띠를 졸라매 보았자 소용없었다. 그런다고 허기가 가시는 게 아니었으니까.

이제 그녀에게 아무도 청소를 시키지 않았다. 그녀는 완전히 신용을 잃은 것이다. 그래도 그녀는 그다지 괴로워하지 않았다. '열 손가락을 움직이느니 차라리 굶어 죽고 마는 일을 택하겠어.' 그녀는 그만큼 무기력증에 빠져 있었다.

쿠포는 일을 하러 간다고 말하고 나간 후 아직 들어오지 않았다. '일은 무슨 일? 친구들과 술을 퍼마시고 있겠지.' 이제 집에는 서랍장과 식탁과 의자만이 있었다. 모든 것을 전당포가 가져간 지 오래였다. 심지어 침대도 분해해서 전당 잡히고 그냥 짚 더미 위에서 잠을 잤다.

제11장

'너무 힘들어! 어제는 주인 마레스코 씨가 와서 밀린 집세를 내지 않으면 강제로 쫓아내겠다고 했지? 좋아, 어디 내쫓으라지. 길바닥이라고 이보다 못할 게 뭐 있어. 두툼한 외투를 입은 그놈의 낯짝이라니! 우리가 어디 돈주머니라도 숨겨 놓은 것처럼 난리야! 제길 목구멍이 막혀버리기 전에 뭐라도 먹어야 할 거아냐! 나를 때리는 쿠포 녀석이나 그 녀석이나 똑같은 놈이야.'

그녀는 하도 맞다 보니 이제 맞는 일에도 익숙해졌다. 처음에는 자기도 맞서서 주먹다짐을 했지만 이제는 그도 시들해졌다. 쿠포는 몇 주일이고 몇 달이고 일을 하지 않았고 고주망태가 되어 집에 들어오면 그녀를 때리곤 했는데, 거기 익숙해진 그녀는 그저 귀찮을 뿐이었다.

모든 것에 익숙해지는 게 인간이라지만 그놈의 배고픔에 익숙해진 인간은 아직 아무도 없었다. 제르베즈는 그게 실망스러웠다. 남들이 더럽다고 손가락질을 해도 아무렇지도 않았다. 하지만 배고픔만은 도저히 참을 수 없었다. 그녀는 거리로 나가 닥치는 대로 음식을 구해 먹었다. 어쩌다 약간의 돈이 생기면 거무튀튀하게 변한 싸구려 고기를 사서 감자와 함께 끓여 먹었다. 싸구려 식당에서 음식 찌꺼기를 구걸해 먹었고, 심지어 이른 새벽 개들과 함께 쓰레기통을 뒤졌다. 그렇다! 그녀는 그 지경에까지 이른 것이다.

정상적인 사람이라면 아마 몸서리를 치리라. 그러나 아무리 점잖은 사람이라도 사흘만 굶어보아라. 음식을 넣어달라고 아우성치는 위장에게 분통을 터뜨리게 되리라. 그리고 네 발로 기어가서 쓰레기통을 뒤질 것이다. 아아, 굶어 죽는 가난뱅이들, 창자가 텅 빈 사람들이 지르는 비명 소리, 아무리 더러운 것이라도 입에 쑤셔 넣으려는 짐승 같은 욕망이, 이 황금빛으로 찬란하게 빛나는 파리에 존재하다니! 제르베즈도 한때는 기름진 거위를 배터지게 먹지 않았던가! 이제 그녀에게 그런 기억은 남지 않았다.

굶주림에 지친 그녀는 무작정 밖으로 나갔다. 그녀는 클리냥쿠르 거리로 올라갔다. 아직 밤이 되지 않았고 거리에는 사람들이 많았다. 그녀는 밤이 되기를 기다리면서 바람 쐬러 나온 아낙네처럼 거리를 걸어갔다. 혼잡한 인파 속을 무작정 걷던 그녀는 문득 자기가 이 세상에서 완전히 혼자라는 것, 이 세상 모든 것, 모든 사람들로부터 버림받았다는 느낌을 받았다. '이 사람들 속에는 여유 있는 사람들이 많을 거야. 그런데 내게 단돈 10수도 건네주는 사람이 하나도 없다니!'

한참 걷다보니 문득 옛날의 봉쾨르 여관이 그녀의 눈에 들어왔다. 카페로 개조해 불법 영업을 하다가 적발되어 폐쇄 명령을 받고 지금은 폐가가 되어 있었다. 그녀는 그 자리에 서서, 파손된 덧창이 덜렁거리고 있는 2층을 바라보았다. 그녀의 머리에 랑티에와 함께 했던 젊은 시절이 떠올랐다. 그와 처음으로 싸웠던 일, 그가 자기를 버리고 달아났던 일들이 떠올랐다. '그래, 그땐 젊었었어.' 어려웠던 그 시절이 너무도 그리웠다. '20년도 안 됐는데, 오, 맙소사! 그런데 이렇게 길바닥을 헤매고 있다니!' 여관을 바라보고 있자니 너무도 가슴이 아파 그녀는 몽마르트르 쪽을 향해 대로를 걷기 시작했다.

어느새 거리에 인적이 끊겨 있었다. 사람들이 모두 집으로 돌아간 것이다. 그렇다! 제르베즈에게도 하루가 끝난 것이다. '남들은 모두 저녁을 먹고 있겠지. 하루가 끝났으니까.' 하지만 그녀에게는 갈 곳도 없었고 먹을 것도 없었다. '오, 하느님 제발 영원히 편히 쉬게 해주소서! 아아, 20년 동안 뼈 빠지게 일했는데 도대체 이 꼴이 뭐람!'

그녀는 실컷 먹고 마시던 옛날을 떠올렸다. 푸짐하게 잔치를 벌였던 즐거웠던 날을 회상했다. '그때는 나도 금발 머리의 예쁜 여자였는데……. 세탁장에서도 모두들 다리를 저는 나를 여왕이라고 했었지. 여왕, 그래 여왕이었어! 왕관을 쓰고 스카프

를 맨 채 춤을 추었지. 그런데 이게 뭐야. 잃어버린 왕관을 찾듯 시궁창만 내려다보고 있다니!'

그녀는 고개를 들었다. 어느새 도살장 앞에 와 있었다. 아직도 축축하게 피로 물들어 있는 안마당이 보였다. 그녀가 대로를 따라 다시 내려가자 라리부아지에르 병원이 나타났다. 높은 회색 담장 위로 창문이 가지런히 뚫린 음산한 건물이 부채꼴처럼 펼쳐져 있었다. 그녀의 눈에 문이 하나 들어왔다. 마을 사람들을 모두 공포에 떨게 만드는 시체 출입문이었다. 그녀는 도망치듯 그곳을 떠나 멀리 철교까지 내려갔다.

이윽고 거리에 가스등이 켜졌다. 어둠에 잠겨 있던 가로수 길이 갑자기 환해지며 멀리 지평선까지 뻗어나갔다. 곧바로 대로의 끝에서 끝까지 술집, 싸구려 댄스홀, 지저분한 카바레가 줄지어 불을 밝히고 그 안에서 사람들이 술잔을 돌리고 춤을 추는 시간이었다. 마침 보름치 급료를 지급하는 날이어서 거리는 한잔 걸치려는 노동자들로 붐비고 있었다.

제르베즈는 콜롱브 영감의 목로주점 앞에 서서 생각에 잠겼다. '2수만 있다면 안에 들어가 한 잔 마실 텐데……. 딱 한 잔만 마셔도 허기가 가실 텐데……. 아, 실컷 마실 수 있던 시절이 있었지.'

그녀는 그곳을 떠나 정처 없이 발걸음을 옮겼다. 거리에서 수상한 옷차림의 여성들이 눈에 띄었다. 그녀들은 마치 플라타너스 나무처럼 뻣뻣하게 서서 참을성 있게 손님들을 기다렸다. 제르베즈는 마치 무엇에 홀린 듯 그녀들 흉내를 내기 시작했다. 부끄러움도 느껴지지 않았고 무슨 악몽을 꾸고 있는 것만 같았다. 그녀는 15분 동안 꼼짝 않고 서 있었다. 남자들이 지나갔지만 그녀에게는 눈길 한 번 주지 않았다. 그녀는 호주머니에 손을 찔러 넣고 휘파람을 불고 있는 한 사내에게 다가갔다.

"저, 잠깐만요."

그러나 그 남자는 눈길 한 번 주지 않고 가버렸다.

제르베즈는 점점 더 대담해졌다. 오로지 배고픔 때문에 저도 모르게 하게 된 짓이었는데, 끈덕지게 남자들 뒤를 쫓다보니 배고픔도 잊혀졌다. 그녀는 지금이 몇 시나 되었는지, 여기가 어딘지도 모르는 채 왔다 갔다 하며 남자를 찾았다.

그녀는 도살장을 지나 봉쾨르 여관과 라리부아지에르 병원 앞을 스무 번도 더 왔다 갔다 했다. 하지만 남자들은 그녀를 그냥 지나쳐버렸다.

그러는 사이 밤이 깊어졌다. 어느새 싸구려 식당들은 문을 닫았고 술집에서는 취기 서린 고함 소리가 들려왔다. 제르베즈는 다리를 절면서 걷고 또 걸었다. 오직 걸어야 한다는 일념에 젖어 거리를 오르락내리락했다. 거의 잠들어 있다시피 한 상태에서 오로지 다리만 움직이고 있을 뿐이었다. 그런 와중에서도 살을 에는 듯한 추위만은 느낄 수 있었다. 결코 경험한 적이 없는 매서운 추위였다. 땅속에 묻힌 시체라도 이렇게 춥지는 않으리라. 그녀는 무거운 머리를 천천히 들었다. 무언가 얼음처럼 차가운 것이 얼굴을 때렸다. 눈이었다. 사흘 전부터 눈이 내릴 기세더니 참 알맞은 시간을 골라 내리고 있었다.

그녀는 서둘러 집으로 발길을 향했다. 그런데 나무 아래로 천천히 걸어오는 남자의 모습이 보였다. 그녀가 그 남자에게 다가가서 말했다.

"여보세요, 잠깐만요."

남자가 멈춰 섰다. 아마 그녀의 말을 듣지 못한 것 같았다. 그는 그녀에게 손을 내밀며 말했다.

"한 푼만 줍쇼."

두 사람은 서로의 얼굴을 바라보았다. 오! 맙소사! 길에서 둘이 이렇게 마주치다니! 구걸을 하는 브뤼 영감과 매춘을 하는 제르베즈! 그들은 둘 다 어처구니가 없어 입을 벌린 채 서 있었다. 그 늙은 노동자도 밤새 거리를 헤매었다. 하지만 차마 사람들에게 다가가 구걸하지는 못했다. 그런데 첫 번째로 말을 건 사람이 바로 제르베즈라니! 바로 자기처럼 굶어 죽어가는 여자라니! 오, 하느님! 불쌍하지도 않으신가요! 50년 동안 죽어라 노동을 하고 기껏 구걸이나 하는 신세가 되다니! 구트도르가 최고의 세탁부가 저렇게 굶주린 채 거리를 헤매다니! 그들은 말없이 헤어져 각자의 길을 갔다.

문자 그대로 광풍이 몰아닥치고 있었다. 몰아치는 눈보라에 열 발자국 앞도 보이지 않았으며 모든 것이 지워졌다. 제르베즈는 이제 자신이 어디로 가고 있는지도 모르는 채 무작정 발걸음을 옮기고 있었다. 그녀가 이제 그만 땅바닥에 누워버려야겠어, 라고 생각한 순간 발자국 소리가 들렸다. 그녀는 그 소리를 향해 달려갔다. 이윽고 어둠 속으로 멀어져가는 남자의 어깨가 보였다. '아! 안 돼! 저 사람을 잡아야 해!' 그녀는 빨리 달려가서 그 남자의 작업복을 잡았다.

"저, 여보세요, 여보세요. 잠깐만요"

남자가 고개를 돌렸다. 구제였다. '마지막이라고 생각하고 필사적으로 매달린 사람이 하필 구제라니! 도대체 내가 하느님께 무슨 죄를 지었다고 최후까지 이런 고통을 받아야 한단 말인가! 구제의 다리를 붙잡고 매춘부들처럼 애원을 하고 있다니!

아아, 구제는 내가 술에 취해 이런 더러운 짓거리를 하고 있다고 생각하겠지.'

그가 그녀를 바라보았다. 그녀는 빨리 이 자리에서 사라지려고 뒷걸음질을 쳤다. 순간 구제가 그녀를 잡았다.

"자, 따라와요."

그가 앞장서서 걷고 그녀가 뒤를 따랐다. 선량한 구제 부인은 10월에 악성 류머티즘으로 세상을 떠나고 없었다. 구제는 여전히 옛 작은 집에서 혼자 쓸쓸하게 살고 있었다. 오늘 밤 동료가 부상을 당해 밤새 그를 돌보다가 늦게 귀가하고 있는 중이었다.

집에 도착하자 구제가 "들어와요"라고 조용히 말했다. 그녀는 마치 성스러운 곳에 들어가듯 겁먹은 표정으로 아주 조심스럽게 구제의 방으로 들어갔다.

한 마디 말도 없이 분노에 사로잡힌 구제는 그녀를 그대로 품에 안고 으스러뜨리고 싶었다. 제르베즈는 거의 실신한 듯한 표정으로 "아, 어쩌면 좋아, 어쩌면 좋아"라는 말만 중얼거리고 있었다.

난로 재받이돌 위에서 구제가 돌아와 먹으려고 남겨두었던 스튜가 김을 모락모락 피워 올리고 있었다. 저 스튜를 먹을 수만 있다면, 아마 그녀는 네 발로라도 기었을 것이다. 그녀는 고개를 숙이고 한숨을 내쉬었다. 구제는 모든 것을 다 알고 있었다. 그는 스튜를 식탁에 올려놓더니 빵을 자르고 포도주를 내놓았다.

그녀는 감사하다고 말하며 포크를 잡았다. 하지만 기운이 없어서 포크를 떨어뜨렸다. 그녀는 어쩔 수 없이 손으로 음식을 먹었다. 감자를 입에 쑤셔 넣었을 때 그녀는 울음을 터뜨렸다. 눈물방울이 뺨을 흐르더니 빵에 떨어졌다. 그녀는 먹고 또 먹었다.

"빵을 더 드시겠소?"

그녀는 울었다. 아뇨, 라고 했다가 다시 예, 라고 했다. 그녀는 아무런 정신이 없었다. 오, 하느님! 굶어 죽게 된 순간에 뭔가 먹을 수 있다는 것! 그건 얼마나 기쁘고 또 얼마나 슬픈 일인가!

구제는 그녀를 찬찬히 바라보았다. 환한 램프 불빛 아래 그녀의 모습이 또렷이 보였다. 아, 얼마나 늙고 망가진 모습이란 말인가! 눈이 녹아 흥건하게 젖은 그녀의 머리칼은 완전 잿빛이었다. 추하고 뚱뚱해진 몸은, 목이 어깨에 묻힐 정도였다. 구제는 그녀가 장미꽃 같던 시절을 떠올렸다. 아기 같은 목주름을 하고 다리미질을 하던 그녀를 몇 시간이고 바라보던 시절을 떠올렸다. 그녀가 대장간으로 왔던 때를, 그때의 행복을 떠올렸다. 그때 그는 그녀를 오늘처럼 자기 방으로 데려오고 싶어 얼마나 자주 베갯잇을 물어뜯었던가! 그토록 간절히 원했던 그녀가 지금 바로 자기 눈앞에 있는 것이다!

식사를 마친 제르베즈는 식탁에서 일어났다. 그가 자신을 원하는지 아닌지 몰라서 그녀는 망설이고 있었다. 그가 밥을 먹여주었으니 이제 그녀는 그의 것이었다. 그녀는 천천히 캐미솔로 손을 가져가서 첫 번째 단추를 풀었다.

그러자 구제가 무릎을 꿇고 그녀에게 말했다.

"오, 제르베즈 부인! 당신을 사랑해요. 저는 당신을 여전히, 무슨 일이 있어도 사랑합니다. 맹세할 수 있어요."

그가 자기 발아래 무릎을 꿇는 것을 보고 제르베즈가 기겁을 하며 소리쳤다.

"오, 그런 말씀 마세요, 구제 씨! 그런 말씀하시면 저는 너무 괴로워요. 바닥에 무릎을 꿇어야 할 사람은 바로 저예요."

그는 일어났고 와들와들 떨면서 더듬거리며 말했다.

"키스해도 되겠습니까?"

그녀는 너무 놀라 무슨 말을 해야 할지 몰랐다. 그녀는 고개를 끄덕였다. 그러자 구제는 그녀의 이마와 머리칼에 자신의 입술을 갖다 댔다.

"이것으로 충분해요, 제르베즈 부인. 우리들 간의 사랑은 이것으로 충분해요."

그런 후 그는 침대에 엎드려 흐느꼈다. 제르베즈는 더 이상 거기 있을 수가 없었다. 서로 사랑하면서도 이런 상황에서 다시 만났다는 것이 너무도 슬펐다. 그리고 너무나 끔찍했다. 그녀는 그에게 소리쳤다.

"사랑해요, 구제 씨! 저도 당신을 사랑해요! 그래요, 이 이상은 안 돼요……. 저도 그걸 알아요. 그러면 우리 둘 다 질식해버릴 거예요. 안녕히 계세요, 안녕히……."

그녀는 거리로 뛰쳐나왔다. 그리고 자기도 모르게 구트도르가 아파트로 갔다. 7층으로 천천히 올라가면서 그녀는 쓰디쓴 웃음을 지을 수밖에 없었다. 뼈에 사무치는 쓰디쓴 웃음이었다.

'조용히 일하고, 깨끗한 집을 갖고, 아이들을 잘 키우고, 매를 맞지 않고 지내고, 자기 침대에 누워 죽는 것! 그래, 말도 안 되는, 웃기는 생각이었어. 뭐 하나 이루어진 게 없잖아. 더 이상 먹을 것도 없고, 자기는 일도 하지 않고, 쓰레기 더미 위에서 잠을 자고 있잖아. 딸년은 화냥년이 되었고, 술주정뱅이 남편은 나를 두들겨 패고……. 이제 남은 일은 길바닥에 쓰러져 죽는 일뿐이지. 예전에 어떻게 감히 하느님께 3,000프랑의 연금을 받을 수 있게 해달라고 빌었을까? 사람들에게 존경받게 해달라고 빌었을까? 아! 인생이란 그런 거야. 아무리 노력해도 결국은 빈털터리가 되는 거야. 그게 사람의 운명이야.'

7층 복도에 들어서자 머리가 어지러웠고 가슴은 쓰라렸다. 그때 바주즈 영감의 방에서 새어나오는 한 줄기 불빛이 보였다. 그녀는 곧장 그 방으로 들어갔다.

달콤한 꿈에 젖어 있던 영감이 인기척에 잠에서 깨어났다.

"빌어먹을! 문 좀 닫아! 찬바람이 들어오잖아. 왜 그래? 무슨 일이 있어?"

그러자 제르베즈가 자신이 무슨 말을 하는지도 모르는 채 정신없이 애원하기 시작했다.

"아, 제발 데려다줘요. 이제 정말 지긋지긋해요. 그래요, 죽는다는 건 정말 기쁜 일이에요. 제발 저를 데려다줘요. 정말 감사드릴게요."

그가 장난 그만하라고 중얼거렸다. 그러나 그녀는 여전히 자기 소원을 제발 들어달라고 애원했다.

영감은 그저 이죽이죽 웃을 뿐이었다.

제11장

173

제르베즈는 천천히 몸을 일으켰다. 그녀는 멍하니 자기 방으로 들어갔다. 그리고 음식물을 목구멍에 집어넣은 것을 후회했다. '아, 말도 안 돼! 가난도 죽음을 미리 갖다줄 수 없다니!'

제12장

　쿠포는 1주일째 집에 돌아오지 않았다. 그런데 일요일 날 제르베즈는 병원에서 날아온 통지서를 한 장 받았다. 돼지 같은 남편이 생탄 정신병원에서 죽어가고 있다는 통지서였다. 제르베즈는 중얼거렸다. "그래, 쿠포를 데려간 건 결국 여자였어. 죽음이라는 여자 말이야."

　그녀는 월요일에 병원으로 찾아갔다. 남편이 걱정되어 간 것이 아니었다. '저러다 또 멀쩡해서 돌아오겠지. 어디 한두 번이야?' 그녀는 산책을 하면 밥맛이 좋아질 거라고 생각하고 병원을 찾아간 것이다. 철도 공장 기계공이 된 아들 에티엔이 10프랑의 돈을 보내주어, 음식을 마련할 수 있었던 것이다.

　병원에서 쿠포는 미친 듯 발광을 하며 춤추고 노래하고 있었다. 쿠포는 자기 아내조차 알아보지 못했다. 눈에는 핏발이 서 있었고 입술에는 딱지가 더덕더덕 붙어 있었다. 도대체 어떻게 이런 몰골을 할 수 있단 말인가!

그녀는 창백해진 채 병원에서 나왔다. 병원 마당에서도 쿠포의 지랄, 춤 소리, 노랫소리가 들려왔다. 의사의 말로는 서른여섯 시간을 쉬지 않고 저렇게 춤을 추고 있다는 것이었다.

다음 날 그녀는 다시 병원에 가보았다. 남편 소식을 물어볼 필요도 없었다. 계단 아래서부터 벌써 그의 노랫소리가 들려온 것이다. 똑같은 곡조, 똑같은 춤이었다. 그녀는 방으로 가보았다. 도무지 믿을 수가 없었다. 인간이 이렇게 오랫동안, 이렇게 즐겁게 춤을 출 수 있다니! 쿠포의 온몸에서 김이 모락모락 피어오르고 있었다.

'안 돼! 정말이야! 도저히 눈을 뜨고 볼 수가 없어.' 제르베즈는 다시 병원에 온 것을 후회했다. 그러나 다음 날 그녀는 그 무엇에라도 이끌린 듯 다시 병원으로 갔다. 쿠포는 다시 발광을 하다가 그녀가 보는 앞에서 세상을 떠났다.

제르베즈가 구트도르로 돌아왔을 때 한 무리의 아낙네들이 보슈 부인의 경비실에 모여서 잡담을 하고 있었다. 제르베즈는 쿠포의 소식을 듣기 위해 자기를 기다리고 있다고 생각했다.

그녀는 "죽었어요"라고 조용히 말했다. 하지만 아무도 그녀의 말에 귀를 기울이지 않았다. 그녀들은 푸아송과 랑티에 이야기에 열중해 있었다.

"허, 참 망측한 일이야! 글쎄 푸아송이 자기 마누라가 랑티에와 함께 있는 현장을 덮친 거야. 눈이 뒤집혔대. 진짜 호랑이 같았다니까. 평소에 그렇게 과묵하던 남자가 그렇게 길길이 날뛰는 걸 다들 봤어야 하는데. 그런데 조금 지나니까 아무 소리도 들리지 않았어. 랑티에의 설명에 남편이 넘어간 거지 뭐. 다 끝난 일로 덮어두기로 했나봐. 랑티에는 이미 이웃 여자의 딸에게 눈독을 들이고 있던 참이거든. 그 딸이 내장 가게를 연다고 하더군. 랑티에는 내장을 좋아하잖아."

쿠포가 죽었다는 소식을 들은 누이들은 손수건을 꺼내는 일 외에는 할 일이 없었다. 주정뱅이 동생이고 수도 없이 잘못을 저질렀지만 그래도 어쨌든 피붙이가 아닌가. 보슈는 어깨를 으쓱하며 모두에게 목소리를 높여 말했다.

"쳇, 주정뱅이 하나 없어진 거지 뭐."

그날부터 제르베즈도 자주 실성한 모습을 보였다. 남편이 광란에 빠진 광경을 너무 생생하게 구경해서인지 그녀도 손발을 떨면서 남편 흉내를 냈다. 하지만 그녀는 남편만큼 운이 좋지는 않았다. 남편처럼 쉽게 죽어버리지 못한 것이다.

제르베즈는 그렇게 여러 달을 살아남았다. 더 떨어질 나락이 없어보였던 그녀였지만 한층 더 밑바닥으로 떨어졌다. 그 어떤 모욕도 참아 넘겼으며 날마다 죽도록 굶주렸다. 한 푼이라도 생기면 술을 마셨고 사람들이 코를 막고 고개를 돌리는 음식찌꺼기도 먹었다.

집주인 마레스코 씨는 마침내 그 방에서 그녀를 내쫓기로 결정했다. 그래도 최근에 죽어버린 브뤼 영감의 구멍에서 지낼 수 있게 하는 정도의 호의는 베풀었다. 이제 그녀는 브뤼 영감의 개집에서 정말 개처럼 살았다. 그녀는 아무 생각 없는 멍청이가 되었다. 7층에서 몸을 던져 이 인생을 끝내겠다는 생각조차 하지 않았으니 말이다.

그녀가 어떻게 죽었는지 정확하게 아는 사람은 아무도 없었다. 어느 날 아침 복도에서 악취가 났다. 그러자 사람들은 이틀 전부터 그녀의 모습을 볼 수 없었음을 생각해냈다. 그녀는 그 개집에서 이미 푸르죽죽하게 변한 채 발견되었다.

바주즈 영감이 가난뱅이들을 위한 싸구려 관을 가지고 와서 말했다.

"모두 거기로 가게 되어 있지. 서로 다툴 필요도 없어. 누구에게나 자기 자리가 마련되어 있으니. 서두를 필요도 없어. 그런다고 더 빨리 가는 것도 아니니까. 이 여자도 빨리 가길 원했었지. 이제 소원을 푼 거야. 자, 즐겁게 떠나라고!"

그는 제르베즈를 정성스럽게 관 속에 누인 다음 더듬거리며 말했다.

"잘 들으시게⋯⋯. 나야, 나. 부인네들의 위안부인 '쾌활한 병정'이지. 자, 당신은 이제 행복한 여자야. 잘 자라고, 어여쁜 아가씨!"

『목로주점』을 찾아서

에밀 졸라(Émile Zola, 1840~1902)의 『테레즈 라캥』과 마찬가지로 『목로주점(L'Assommoir)』의 주인공들은 사회 하층 계급의 사람들이다. 졸라 이전의 작가들의 작품과는 사뭇 다른 것이다. 졸라가 무슨 의도로 하층민들의 삶을 그의 작품의 소재로 삼았는지 『테레즈 라캥』 해설에서 했던 이야기를 그대로 다시 반복하며 살펴보기로 하자.

졸라는 자연주의(naturalisme) 문학론을 주창한 사람이며 자연주의 문학의 유일한 대가이기도 하다. 자연주의라는 말은 가끔 사람들의 오해를 산다. 자연주의는 자연을 예찬한 문학이라는 오해가 바로 그것이다. 그러나 자연주의 문학에서의 자연은 '자연은 아름답다!'라거나 '자연으로 돌아가라!'는 '자연 예찬'

에서의 자연이 아니다. 그때의 자연은 '자연과학'에서의 자연이다. 그의 자연주의 문학론은 문학에 자연과학 이론을 도입한 문학론이다.

졸라가 태어나고 활동했던 19세기 서구는 대부분의 사람들이 과학에 열광하던 시기였다. 그중에서도 사람들을 가장 매혹시켰던 것이 의학과 생물학이었다. 이전에는 인간의 힘으로 도저히 치료할 수 없다고 생각되었던 병, 천형으로만 알았던 병들의 원인을 의학이 밝혀내고 치료할 수 있게 되자 사람들은 인간이 이룩한 과학의 힘에 열광하게 되었다. 또한 신비스럽게만 여겨졌던 생명의 신비가 하나씩 밝혀지자 이 세상에 과학의 힘으로 밝히지 못할 것은 없다는 신념이 사람들에게 생기기 시작했다. 참고로 말하자면 찰스 다윈의 '진화론'도 그중 하나다.

과학에 대한 절대적인 믿음이 생기면서 이 세상에 신비스러운 영역이란 없다는 생각이 사람들에게 자리 잡기 시작했다. 이 세상 모든 존재는 자연과학적 법칙의 지배를 받고 있다는 믿음, 인간이 이룩한 과학의 힘으로 그 법칙을 밝혀낼 수 있다는 믿음이 많은 사람들을 사로잡았다. 그 믿음은 주어진 사회 내에서 살아가는 한 인간의 삶도 자연과학의 법칙에서 벗어나지 않는다는 믿음으로까지 이어졌다. 졸라의 자연주의 문학론은 바로 그 믿음에서 탄생한 것이다.

졸라는 자신의 문학관을 『실험소설론』에서 명확히 밝힌다. 한 인간의 삶은 그가 어떤 '유전자'를 가지고 태어나 어떤 '시기'에, 어떤 '환경'에서 살게 되느냐에 따라 결정된다는 것이 그의 생각이다. 그의 소설은 그 결정적 법칙을 세우기 위한 일종의 실험이다. 그는 소설을 통해 인간의 삶에 대한 이론을 세우려 한 것이다.

그가 그의 소설론을 '실험소설론'이라고 지칭한 것은 그의 의도를 그대로 보여준다. 우리는 하나의 과학 이론이 성립되는 과정을 알고 있다. 우선 관찰을 해야 하고 그 관찰을 바탕으로 가설을 세운다. 그리고 그 가설을 증명하기 위해 실험을 한다. 졸라의 작품들은 인간의 삶에 대한 과학적 이론을 세우기 위한 실험 작업들이다. 그는 소설을 통해 인간의 삶의 보편적 진리를 발견해내려 했다.

그렇다면 그 실험의 대상은 누가 되어야 하는가? 당연히 한 사회에서 대다수를 차지하고 있는 평범한 사람이어야 한다. 일부 소수 귀족이나 지배 계급은 예외적인 존재들이니 보편적인 진리를 끌어내기 위한 실험 대상으로는 적당하지 않다. 바로 그 때문에 그의 작품에는 다른 작가들의 작품들과는 달리 평범한 사람이나 사회 하층민들이 주인공으로 등장한다.

그래도 의문점은 여전히 남는다. 졸라가 평범한 사람들을 주인공으로 삼은 것은 이해할 수 있다. 하지만 그들은 그냥 평범한 사람들이 아니라 비정상적인 사람들 아닌가? 그가 소설을 통해 인간 삶의 보편적인 진리를 발견하려 한 것이라면 보다 많은 평범한 사람들, 인간적 덕목을 지키고 주어진 질서를 받아들이며 살아가는 보다 '인간적'인 사람을 주인공으로 삼아야 할 것이 아닌가?

하지만 그가 연구 대상으로 삼은 것은 '인간'이라는 특별한 존재가 아니다. 그가 연구 대상으로 삼은 것은 인간이라는 '동물'이다. 인간이라고 해서 일반 동물들이 지니고 있는 자연과학적 법칙에서 벗어나 있지 않다는 '자연주의 문학론'의 입장에서는 당연한 원칙이다. 그는 그 원칙을 중심으로 했기에 한 인간이 지닌 성격을 중심으로 소설을 엮어가지 않고 한 인간이 지닌 동물적 본능이나 기질을 중심으로 소설을 엮어간다. 그러니 그의 자연주의 문학론에서 선택된 인물은 이미 '인간화된 인물'이나, '인간적 의지'를 가진 인물이 아니라 육체적 욕망, 기질, 신경의 지배를 많이 받는 인물들이다. 그런 기질들이 어떤 환경에서 어떻게 행동하게 되는지, 그들이 만나서 서로에게 어떤 영향을 주게 되는지, 그는 소설을 쓰면서 탐구한다. 그는 인간이라는 유기적 생명체가 그들이 처한 상황에서 어떻게 변화하는지 자연과학자의 눈으로 연구해보기 위해 소설을 썼다.

졸라의 그런 문학관은 그가 아직 자연주의 문학론을 완전하게 설립하기 이전의 초기작인 『테레즈 라캥』에서도 여실히 나타난다. 그러나 그의 그런 자연주의 문학론이 보다 확고하게 드러나는 것은 그의 대표작으로 꼽히는 『목로주점』에서다.

에밀 졸라는 자신의 문학관에 입각해서 총 20권의 '루공-마카르(Les Rougon-Macquart)' 총서를 20년에 걸쳐 쓴다. 그 총서에는 '제2제정하의 한 가족의 자연적, 사회적 역사'라는 부제가 달려 있다. 아델라이드 푸크라는 여자가 루공가의 남자와 결혼하여 낳은 자식들과 마카르가의 남자와 재혼하여 낳은 자식들의 후손의 이야기로 되어 있는 이 총서는, 유전과 환경의 영향하에 살아가는 그 자손들의 파란만장한 삶을 그리고 있다. 그리고 우리가 읽은 『목로주점』은 그중 일곱 번째 소설로서 1877년 간행되었다. 이 책의 주인공 제르베즈는 마카르가의 자손이다.

『목로주점』은 슬프고 처절한 소설이다. 예쁘고 착하고 부지런한 제르베즈라는 여주인공이 게으름과 나태에 빠지게 되고, 결국 알코올 중독으로 몰락하여 비참하게 죽어가는 모습을 그리고 있는 소설이다. 그런데 이 소설이 우리를 더 슬프게 하는 것은, 그녀가 그렇게 몰락하게 되는 계기가 명확하지 않다는 점이다. 물론 일을 하던 중 지붕에서 추락한 후 타락의 길을 걷는 남편 쿠포, 그녀를 버리고 달아났다가 다시 나타나 그녀의 몰락을 부추기는 몰염치한 랑티에 등을 원인으로 들 수도 있다. 그러나 그들의 영향은 간접적이다. 사실은 제르베즈 자신이 어느 날 갑자기 게을러진 때문이며 빚에 시달리면서도 끊임없이 식도락에 빠져 돈을 낭비했기 때문이다. 그렇게 부지런하던 여자가 느닷없이 대책 없는 여자가 된 것이다. 마치 그녀가 그렇게 될 수밖에 없는 운명을 타고 난 것 같다.

무슨 운명? 유전자적 운명이다. 제르베즈의 가계를 거슬러 올라가보면 그녀의 할아버지, 아버지 모두 알코올 중독자이며 가족들에게 폭력을 행사하는 난폭한 사람들이다. 제르베즈가 다리를 저는 것도 그녀의 아버지가 취중에 그녀를 수태시켰기 때문이다. 그 유전적 특질이 마치 만유인력처럼 고유의 법칙을 가지고 한 인간을 지배하고 변화시키는 것이다. 그 유전적 법칙의 지배에서 벗어날 길은 없다. 마치 운명처럼 한 인간을 지

『목로주점』을 찾아서

배한다. 이 어찌 슬프지 않을 수 있겠는가?

여러분에게 묻자. 여러분은 그런 절대적 법칙을 믿는가? 옛 고대인들이 신의 섭리를 믿었듯이 과학적 법칙의 절대성을 믿는가?

사실 에밀 졸라의 소설은 우리를 불편하게 한다. 우선 어떻게 인간이 순전히 자연과학적 탐구의 대상이 될 수 있느냐는 반발이 생길 게 뻔하다. 도대체 인격이나 영혼, 인간의 의지 같은 것들을 배제한 채 인간의 모습을 그린다는 것이 가능하냐고 반발하고 싶어질 것이 뻔하다. 인간의 삶이 어찌 이미 주어진 유전적 운명을 따르게 되어 있느냐고 반발할 게 뻔하다. 게다가 문학작품이란 어디까지나 상상력의 소산이지 소설을 어떻게 진리를 탐구하는 과학자의 자세로 쓸 수 있느냐고 반박할 수도 있다.

그 반박은 모두 옳다. 그리고 그 때문에 당대에 대단한 인기를 누렸던 에밀 졸라의 작품들은 전문가들로부터 상당 기간 외면을 받아오기도 했다. 하지만 20세기 중엽 들어 그의 작품들은 일제히 재조명을 받기 시작했고 졸라는 불후의 명작들을 남긴 대가로 인정받고 있다. 이유는 간단하다. 그의 소설들이 그의 소설이론을 배반하고 있음을 알았기 때문이다. 그의 소설이론과는 달리 그의 소설들은 풍부한 상상력의 소산임을 사람들이 알았기 때문이다.

그러나 무엇보다 그의 작품이 소중한 것은 그가 그런 엄격한 자세로 노동자들의 삶을 그리면서, 그들의 욕망, 희망, 고통을 바로 그들의 언어로 그려낼 수 있었다는 사실 때문이다. 물론 당시 다른 작가들의 소설에도 노동자나 하층 계급의 사람들이 등장하기도 한다. 그러나 대부분의 경우 호기심 어린 시선을 던지는 데서 그치는 게 대부분이었다. 그러나 에밀 졸라는 단번에 그들이 이른바 상류층과는 다른 세상에 사는 사람들이 아니라, 똑같은 기쁨과 슬픔과 고통을 느끼며 살아가는 사람들이라는 것을 자신의 작품을 통해 세상에 보여주었다. 관찰과 실험에 입각해 출발한 그의 소설은 역으로 그의 소설 속 인물들을 생생하게 살아 있는 인물들로 만들어주었고, 사회지도층의 이기적 욕심과 편견을 비판하고 고발하는 중요한 소설이 되었다.

또한 졸라의 소설들은 우리에게 아주 중요한 질문 한 가지를 던지게 해준다. 과연 우리들은 동물적 본능으로부터 자유로운가? 혹시 '인간의 사회'를 움직여 가는 것은 동물적 본능이 아닐까?

만일 여러분이 그런 느낌을 조금이라도 받았다면, 졸라는 인간성을 외면한 작가가 아니다. 졸라는 객관적으로 인간을 탐구한 것이 아니라, 인간 속의 동물성을 그의 상상력으로 꿈틀거리게 만든 작가다. 그래서 그의 작품 속의 인물들은 실험실의 창백한 모르모트가 아니라 살아 있는 역동적 인간이 된다. 그는 인간들 속에 꿈틀대고 있는 동물적 본능을 깊이 탐구함으로써 인간성의 영역을 넓힌 작가다. 인간은 영혼을 고양시키면서 삶의 목표를 세울 수도 있지만, 자기 내부에서 꿈틀대는 동물성을 느끼면서 또 다른 나를 찾을 수 있다. 평소에 의식하고 있지 않던 또 다른 나를 내 속에서 느낀다는 것, 그것은 내 삶을 역동적으로 만드는 더 없이 좋은 방법 중의 하나다.

에밀 졸라는 1840년 파리에서 출생했다. 하지만 토목기사였던 아버지의 사업 관계로 3세부터 18세까지의 유년기를 남프랑스의 엑상프로방스에서 지내게 된다. 졸라가 『실험소설론』을 발표한 것은 그가 40세 되던 해인 1880년이지만 28세 되던 해인 1868년 『테레즈 라캥』을 발표할 때부터 그는 이미 자연주의 작가였다.

이후 그는 20여 년의 세월에 걸쳐 '루공-마카르'라는 이름하에 모두 스무 권의 소설을 발표했다. 그 총서를 통해 졸라는 프랑스 제2제정하의 타락한 사회 모습을 여실히 폭로하고 있으며, 최초로 노동자와 민중의 삶과 열망을 있는 그대로 적나라하게 보여준 작가로 인정받고 있다. 그중 우리에게 친숙한 대표적인 작품들로는『목로주점』『나나(Nana)』『제르미날(Germinal)』 등이 있다.

졸라에 대해 이야기하면서 빼놓을 수 없는 사건이 한 가지 있다. 바로 '드레퓌스' 사건이다. 1894년 10월 참모본부에 근무하던 유대인 포병 대위 A.드레퓌스가 비공개 군법회의에서 종신형을 선고받는다. 독일 대사관에 군사 정보를 팔았다는 혐의였다. 하지만 파리의 독일 대사관에서 몰래 빼내온 정보 서류의 필적이 드레퓌스의 필적과 비슷하다는 것 이외에는 아무 증거가 없었다. 단지 그가 유대인이라는 이유만으로 범인으로 몰린 것이다.

그 후 군부에서는 진범이 드레퓌스가 아닌 다른 사람이라는 확증을 얻었는데도 군 수뇌부는 진상 발표를 거부하고 사건을 은폐하려 하였다. 드레퓌스의 결백을 믿어 재심(再審)을 요구해오던 가족도 진상을 탐지하고, 1897년 11월 진범인 헝가리 태생의 에스테라지 소령을 고발했지만, 군부는 형식적인 심문과

재판을 거쳐 그를 무죄 석방하였다.

　사건은 그대로 종결되는 듯했으나 졸라는 「나는 고발한다 (J'accuse)」라는 제목의 논설을 대통령에게 보내는 공개서한 형식으로 1898년 1월 13일자 「오로르(l'Aurore)」지에 발표했다. 이를 계기로 사회 여론이 비등했고 프랑스 사회 전체가 드레퓌스의 무죄를 주장하는 드레퓌스파와 그의 유죄를 주장하는 반드레퓌스파로 갈려 심한 갈등을 겪게 된다. 그 고발문으로 인해 졸라는 그 해 7월 영국으로 망명할 수밖에 없게 된다. 드레퓌스 사건을 계기로 졸라는 행동하는 정의로운 지식인의 대명사가 된다.

　1902년 파리에서 사망한 졸라는 사망 4년 후 팡테옹에 안장되었다.

　에밀 졸라의 『목로주점』은 수차례 영화화되어 사람들의 사랑을 받았지만, 그중 르네 클레망 감독이 연출하고 당대 최고의 여배우 마리아 셸이 제르베즈 역을 열연한 1956년 작품은 지금도 많은 사람들이 수작으로 꼽고 있는 명화이다. 학교에서 70여 년 전의 이 영화를 학생들에게 가끔 보여주면 내가 놀라곤 한다. 학생들이 너무 재미있다고 거의 이구동성으로 말하기 때문이다. 원작에 아주 충실한 그 영화를 한번 구해 보기를 권한다.

　참고로 한마디만 더 하자. 이 소설에 나오는 제르베즈의 딸 나나는 나중에 『나나』라는 작품의 주인공으로, 맏아들 클로드는 화가가 되어 『파리의 배 속(Le Ventre de Paris)』에 등장하고 『작품(l'Oeuvre)』의 주인공으로 나오며, 둘째 에티엔은 탄광 노동자들의 삶을 다룬 『제르미날』의 주인공으로 나온다. 제르베즈의 피를 물려받은 자손들이 각기 다른 환경에서 어떻게 변화해서 어떻게 살아가는지 궁금해진다면 한번 읽어보길 권한다.

큰글자 세계문학컬렉션 42

목로주점

펴낸날	**초판 1쇄 2021년 12월 15일**

지은이	**에밀 졸라**
옮긴이	**진형준**
펴낸이	**심만수**
펴낸곳	**(주)살림출판사**
출판등록	**1989년 11월 1일 제9-210호**

주소	**경기도 파주시 광인사길 30**
전화	**031-955-1350** 팩스 **031-624-1356**
홈페이지	http://www.sallimbooks.com
이메일	book@sallimbooks.com

ISBN	978-89-522-4143-6 04800
	978-89-522-4101-6 04800 (세트)